真善美文學系
02

小安娜

正能量少女《波麗安娜》鼓舞千萬人的開心遊戲物語

POLLYANNA

愛蓮娜·霍奇曼·波特——著　劉芳玉、蔡欣芝——譯

Golden Age　34

小安娜

正能量少女《波麗安娜》鼓舞千萬人的開心遊戲物語｜真善美文學系2

Pollyanna

作　　者　愛蓮娜．霍奇曼．波特Eleanor H. Porter
譯　　者　劉芳玉．蔡欣芝

社　　長　張瑩瑩
總 編 輯　蔡麗真
責任編輯　徐子涵
行銷企劃　林麗紅
封面設計　周家瑤
內頁排版　洪素貞

出　　版　野人文化股份有限公司
發　　行　遠足文化事業股份有限公司
地址：231新北市新店區民權路108-2號9樓
電話：（02）2218-1417　傳真：（02）8667-1065
電子信箱：service@bookrep.com.tw
網址：www.bookrep.com.tw
郵撥帳號：19504465遠足文化事業股份有限公司
客服專線：0800-221-029

讀書共和國出版集團

社　　長　郭重興
發行人兼出版總監　曾大福
印　　務　黃禮賢、李孟儒
法律顧問　華洋法律事務所　蘇文生律師
印　　製　成陽印刷股份有限公司
初　　版　2018年11月

國家圖書館出版品預行編目（CIP）資料

小安娜 : 正能量少女《波麗安娜》鼓舞千萬人的開心遊戲物語 / 愛蓮娜 . 霍奇曼 . 波特 (Eleanor H. Porter) 著 ; 劉芳玉 , 蔡欣芝譯 . -- 初版 . -- 新北市 : 野人文化出版 : 遠足文化發行 , 2018.11
面 ;　公分 . -- (Golden age ; 34) (真善美文學系 ; 2)
譯自 : Pollyanna
ISBN 978-986-384-325-2(平裝)

874.57　　107018049

小安娜

線上讀者回函專用 QR CODE，您的寶貴意見，將是我們進步的最大動力。

目錄

一、波麗小姐

六月的一個早晨，波麗．哈靈頓小姐有些匆忙地走進廚房。通常，波麗小姐很少如此步履匆匆。事實上，她對自己擁有優雅從容的姿態頗為自豪。但今天，她確實顯得有些慌亂。正在水槽旁清洗物品的南西抬起頭來，驚訝地看著她。雖然，南西到波麗小姐這裡工作，前後也不過兩個月的時間，但她知道，女主人今天的匆忙實在很不尋常。

「南西！」

「是的，小姐！」南西輕快地回答，一邊擦著手上的水壺。

「南西！」波麗小姐的語氣突然變得嚴厲，「我在跟妳說話的時候，希望妳可以停下手邊的工作，專心聽我說。」

南西的臉倏地脹紅，馬上放下水壺，但因為抹布還掛在水壺上，差點就打翻了水壺，這讓南西更加慌亂。

「是，小姐。我、我……以後會注意的。」南西趕緊把水壺放好，匆忙轉過身來，結巴地說：「因為您特別交代我，今天早上的清潔工作要快點完成，所以我才沒有停下來。」

女主人皺起眉頭，「好了，以後注意點，南西。而且我不想聽妳解釋，我只需要妳現在專心聽我說。」

「是，小姐。」南西在心裡偷偷嘆口氣。不論她怎麼做，似乎都無法讓眼前的這個女人滿意。

這是南西首度外出工作，她家位於六英里遠之外的偏鄉地區，由於父親驟逝，家中頓時失去依靠，而母親長期臥病在床也無法承擔起家中經濟。同時，南西底下還有三個年幼的弟妹，她迫不得已只好出來賺錢貼補家用。最初，當南西得知未來將在山丘上的豪華別墅裡做廚房工作時，她非常高興。她一直都知道，波麗．哈靈頓小姐是古老的哈靈頓莊園唯一的主人，也是這座小鎮上最富有的人之一。但是，經過這兩個月的相處，她發現波麗小姐是個嚴肅，且不苟言笑的女人。只要刀子不小心掉到地上，發出哐噹聲響，或是南西一不留神，讓門砰的關上，都會令波麗小姐皺起眉頭。不過，即使家中一切井然有序，南西依舊不曾看她露出一絲笑容。

「南西，等妳把早上的工作做完後，」波麗小姐開始說：「上去把閣樓裡的那間小房間打掃一番，再放進一張摺疊床。當然，房間裡的箱子也要搬出來，整個房間的每個角落都要仔細打掃乾淨。」

「好的，小姐。不過，那些搬出來的東西要放到哪裡去呢？」

「放在閣樓的另一邊。」波麗小姐猶豫了一下，接著說：「我還是告訴妳好了，南西。其實，我十一歲的外甥女波麗安娜‧惠提爾，要搬過來和我一起住，那就是她未來的房間。」

「有小女孩要來？哈靈頓小姐！這真是太好了！」南西忘情脫口而出地說。她想起了老家她鍾愛的小妹妹，只要有她們在的地方，那裡就會充滿陽光，充滿朝氣。

「好？」波麗小姐不以為然地說：「我可不這麼認為。但是，我還是會做好我該做的事，把她照顧好。我是個好心人，至少我希望如此，而我知道我必須承擔起這個責任。」

聽到波麗小姐這麼說，南西的臉脹得通紅，不知所措，但她仍試圖說點中聽的話。「當然，小姐。只是，我認為如果有個小女孩在的話，她……應該可以讓您的生活更多采多姿。」

「謝謝！」波麗小姐冷冷地回了一句，「不過，我想沒這個必要。」

「不過，您、您……還是希望她過來吧，畢竟她是您姊姊的孩子。」南西小心翼翼地問。雖然她說不上來是什麼原因，但她總認為她必須準備些什麼，來歡迎這位孤單的小客人。

波麗小姐傲慢地抬起下巴。

「南西，妳說得沒錯。但這只是因為我剛好有個姊姊，而她愚蠢地踏入婚姻，也不想想這個世界已經夠擠了，竟然還生了一個小孩。而我實在看不出，到底有什麼理由，可以讓我歡天喜地去幫他們照顧這個孩子。但是，我剛剛說了，我知道我有這個義務。所以南西，妳必須把房間裡的每個角落都打掃得乾乾淨淨。」波麗小姐劈里啪啦說完之後，旋即轉身離開廚房。

「是，小姐。」南西嘆了口氣，拿起剛用溫水沖洗過但還沒擦乾的水壺。這會兒水壺已經冷了，水漬附著在上面，得再重洗一遍了。

波麗小姐回到房間，把那封她在兩天前收到，來自遙遠西部小鎮的信再拿了出來，信封上寫著：「佛蒙特州，貝爾丁斯維爾鎮，波麗．哈靈頓女士收」。對波麗小姐來說，這個自遠方而來的「驚喜」，實在無法令人開心。

信裡寫道：

親愛的女士：

很遺憾必須告訴您這個悲傷的消息，約翰．惠提爾牧師在兩週前離開人世，留下一名十一歲的女兒，波麗安娜。您一定也知道，惠提爾牧師在我們這個小小的教會服務，薪資十分微薄。所以，除了幾本書之外，他幾乎什麼也沒留下。

我們知道，他是您已故姊姊的丈夫，雖然他告訴我，他與你們家族的關係並不好。但是，他希望您能看在您已故姊姊的分上，收留這個孩子，讓她有機會與東部的親人一同生活，並在親人的照顧下長大。因為這樣，我才冒昧地提筆寫信給您。

當您收到這封信時，這個女孩應該已經準備好了。如果您願意接受她，也答應讓她立刻到您那裡，希望您能寫封信告訴我們，我們將十分感激。近日有對夫妻將前往東部，他們可以帶著她同行，到波士頓後會把她送上往貝爾丁斯維爾的火車。當然，我們會提前告知您，波麗安娜所搭乘的火車班次與抵達日期。

靜候您的佳音。

傑瑞米．歐．懷特敬上

波麗小姐皺著眉地把信摺起塞進信封裡。她在前天已經把回信寄出去了，當然，她也答應收留那孩子。她發自內心地希望自己確實做好了心理準備，畢竟這可不是件什麼好差事。

她坐在椅子上，手裡握著那封信，想起了她的姊姊珍妮，也就是這孩子的母親。她記得，珍妮在二十歲的時候，不顧家人反對，執意要嫁給那個年輕牧師。當時，有個富豪也想娶珍妮為妻，全家人都比較喜歡那名富豪，只有珍妮不這麼想。那名富豪比年輕牧師年長，不僅家境優渥，也十分成熟。反觀那個牧師，滿腦子空有理想與熱情，以及滿腔對珍妮的愛。但很顯然地，對珍妮而言，理想、熱情與愛，比財富更能擄獲她的心。所以她嫁給了牧師，跟著他到南方去，成了一名傳教士的妻子。

從那時開始，珍妮與哈靈頓家的親情出現了裂痕。當時，波麗小姐才十五歲，是家裡最小的孩子，但她清楚記得，從那時起，家人就不太和成為傳教士妻子的珍妮聯絡。不過有一段時間，珍妮曾寄信回家，信裡提到，她為最後一個孩子命名為「波麗安娜」，取自於珍妮兩個妹妹的名字，波麗跟安娜，而珍妮的其他孩子都夭折了。這也是珍妮的最後一封信。不出幾年，牧師寄了一張內容簡短、卻字字令人心碎的明信片給哈靈頓家，告知他們珍妮的死訊。明信片上頭蓋著一個西部小鎮的郵戳。

但是，哈靈頓莊園的時間，並沒有因為珍妮的離開而停止，波麗小姐早已不再是十五歲的小女孩了。此時，她望著窗外綿延的山谷，思索著這二十五年來所發生的一切。

波麗小姐今年已經四十歲了，雙親跟姊姊們都已離開人世，只剩下她一人孤獨地守著哈靈頓家。這麼多年以來，她一直是這棟房子唯一的主人，一個人守著父親留給她的龐大遺產。許多人對她孤單的生活表示同情，也有人勸她多交些朋友或找個伴一起生活。但她認為，自己既不需要他們的憐憫，也沒必要採納他們的建議。她總說自己不孤單，喜歡一個人生活，喜歡安靜的日子。但是現在……

波麗小姐眉頭深鎖地站起身來，緊抿著雙唇。她對自己是個好人這件事毫不懷疑，而且不僅清楚知道自己的責任，也認為自己有足夠的能力把事情做好。但是……波麗安娜……這個名字也未免太荒唐了！

二、老湯姆和南西

在閣樓的小房間中，南西正賣力地打掃整個房間，特別是藏在角落的汙垢。事實上，她如此盡心盡力地打掃，很多時候並不是對清除汙垢有多大熱情，反而比較像是在發洩自己的情緒。南西雖然對女主人非常敬畏，也非常順從，但她可不是聖人。

「我─只─想─把─她─靈─魂─的─每─個─角─落─都─好─好─清─乾─淨！」她拿著一支尖頭撢子邊撢灰塵邊抱怨，每說一個字，就殺氣騰騰地往前用力刺一下。「很多東西要清，好啊，要清就清個夠！房子明明這麼大，有這麼多的房間可以挑，竟然會想把這孩子丟到這麼高又這麼悶熱的小房間，冬天還沒有壁爐可用！什麼叫做世界夠擠了竟然還生小孩，真是的！哼！」南西氣到劈里啪啦地數落個不停，擰抹布的手也因為太過生氣地用力過猛，而開始隱隱作痛。「我看現在最多餘的才不是孩子，才不是，才不是！」

在安靜地打掃了好一段時間之後，她的任務終於完成。離去之前，她一臉嫌惡地環顧了這個空無一物的小房間。

「好啦，無論如何，我的工作總算是完成了。」她嘆了口氣自言自語，「這裡現在是一點灰塵也沒有……不只沒有灰塵，其他的東西也幾乎什麼都沒有。可憐的孩子！竟然讓一個離鄉背井、寂寞孤單的孩子住在這種鬼地方，真是有夠壞心！」

南西說完便走出房間，順手把門帶上時，一不注意就發出了「砰！」的一聲。

「噢！」她嚇得脫口而出，並有些懊惱地倔強說著：「算了，我才不在乎，我倒希望她真的有聽到。」

此時已是下午時分，南西發現還有時間可以去找老湯姆聊天，便往花園走去。老湯姆是這個家的園丁，負責除草及整理小徑的工作，已經在這個家工作了大半輩子。

「湯姆先生。」南西快速地將四周掃視一遍，確認沒人注意到她，才出聲喊了湯姆，並接著說：「你知道有個小女孩要來和波麗小姐一起住嗎？」

「有……什麼？」老人費力地挺起駝背問道。

「有個小女孩……要來跟波麗小姐一起住。」

「妳在說笑嗎？繼續說，沒關係。」老湯姆一點也不相信，好像南西說了天方夜譚的故事。「妳乾脆說明天太陽會從東邊落下好了。」

「我說的是真的，是她親口告訴我的。」南西繼續解釋。「那個小女孩今年十一歲，是她的外甥女。」

老人張大著嘴，一副不可置信的樣子。

「妳確定！那會是誰呢？」他喃喃自語著，沒多久，他刻畫著歲月痕跡的雙眼突然變得柔和了起來。「難道是……不，一定是，一定是珍妮小姐的女兒！小姐的姊姊中，只有她有結婚。南西，她一定是珍妮小姐的女兒。天啊，沒想到我還有機會見證這些事！」

「珍妮小姐是誰？」

「她是天上派來的天使。」老人感慨地嘆了一口氣。「珍妮小姐是先生和太太的長女。她在二十歲時結婚，離開了這裡。這都已經是好多年前的事了。我聽說她生的孩子都夭折了，只有最小的女兒活了下來；這個小女兒一定是即將搬來這裡的女孩。」

「她今年十一歲。」

「沒錯，她應該是這個年紀。」老人點點頭。

「那小姐竟然還讓她住閣樓，她真該羞愧得無地自容！」南西邊罵邊迅速往後方的房子瞄了一眼。

老人先是皺了皺眉頭，但下一秒，他的嘴角露出了一抹好奇的微笑。

「我在想，這下子屋裡多了一個小孩了，波麗小姐不知道會怎麼辦？」

「哼！我倒認為，和波麗小姐住，這孩子才會不知道該怎麼辦哩！」

聽到南西這麼說，老人笑出聲來，說道：「妳好像不是很喜歡波麗小姐。」

「應該沒人會喜歡她吧！」南西輕蔑地說。

這時老湯姆的臉上閃過一抹詭異的笑容，並繼續工作著，慢條斯理地說：「我猜，妳大概不知道波麗小姐的愛情故事。」

「愛情故事她？怎麼可能！我想，知道她愛情故事的人應該不存在吧。」

「有啊，很多人都知道。」老人點點頭。「而且，那個人現在還住在鎮上。」

「那個人是誰？」

「我不會說的。這不是我該說的話。」老人挺直身子望向身後的這棟房子。從他深沉的藍眼睛中，可以看出一個忠心耿耿的僕人，真心地為自己侍奉的家族感到驕傲，以及他對這個家族累積多年的愛。

「小姐有戀人？怎麼想都覺得不太可能。」南西仍不相信。老湯姆搖了搖頭。

「妳對波麗小姐的認識不如我深。」他反駁道。「她以前真的很美，而且只要她願意，她現在也還是可以那麼美。」

「美？波麗小姐？」

「沒錯，只要她願意像以前一樣，把紮得緊緊的髮髻自然地放下來，再戴一頂上面有小花的小圓帽，最後再穿一件全身都是白色蕾絲的那種衣服，妳會見識到她也是很美的。而且南西，波麗小姐其實並不老。」

「她不老嗎？那她扮老的功力一定非常好。」南西嗤之以鼻地說。

「是啊，我懂妳在說什麼。她是在感情出了問題之後，才變成現在這個樣子的。」老湯姆一邊說一邊點著頭。「從那時開始，她就像被餵了苦艾草和帶刺的薊一樣，變得敏感易怒又難相處。」

「她的確是如此，」南西不平地表示，「她看什麼都不順眼。無論我怎麼努力，用盡一切方法，她還是不滿意！要不是為了薪水、為了家計，我早就走了。但忍耐也是有限度的，等到我忍無可忍，我會一走了之，永遠跟這裡的生活說再見。說到做到。」

老湯姆搖了搖頭。

「我懂。我懂妳的感受。我知道妳是認真的，但這樣不好，孩子，這樣真的不好。想想我說的話，真的不好。」他說完，再度低下頭繼續眼前的工作。

「南西！」房子裡傳來尖銳的呼叫聲。

「是……是的，小姐。」南西結結巴巴地回應，並連忙快步走回到屋裡去。

三、波麗安娜來了

回覆波麗小姐的電報很快就到了，上面寫著，波麗安娜會在六月二十五日的下午四點鐘，也就是明天，到達貝爾丁斯維爾。波麗小姐皺著眉讀完電報，然後走上樓梯到了閣樓的小房間，依舊皺著眉頭地檢視房間狀況。

房間裡擺著一張乾淨的小床、兩把直背椅、一個臉盆架、一張沒有鏡子的梳妝臺，還有一張小桌子。天窗上沒有窗簾、牆上也沒有圖畫裝飾。陽光整天都能從屋頂的窗戶照射進來，加上沒有紗窗，所以窗戶緊閉，讓房間裡悶熱得像個小火爐。一隻大蒼蠅在房裡飛來飛去，奮力振翅發出嗡嗡的聲音，試圖從這緊閉的空間逃出去。

波麗小姐打死了那隻蒼蠅，將窗戶往上推起一小縫隙，然後把蒼蠅掃了出去。接著，她把椅子扶正，皺了皺眉，離開了房間。

「南西。」幾分鐘後，波麗小姐來到了廚房門口。

「我在閣樓波麗安娜的房間裡發現一隻大蒼蠅，這代表窗戶一定被打開過。我已經叫人來裝紗窗了，但是在這之前，窗子不准再打開。我的外甥女會在明天四點抵達。我希望妳去車站接她。提摩西會駕著馬車載妳去車站。電報上說，波麗安娜有『一頭淺色頭髮、穿紅色格子棉布裙、戴一頂草帽』。我知道的就這些，不過我想這些資訊已經可以讓妳認出她了。」

「好的，小姐，可是……您……」

波麗小姐知道南西想要說什麼，於是皺著眉頭，乾脆地說：

「不，我不會去接她的。我認為我根本沒必要去，就這樣吧。」說完，便轉身離開廚房。於是，波麗小姐為波麗安娜所做的安排，就這麼決定了。

廚房裡，南西拿著熨斗在她剛剛處理到一半的餐巾上，使勁地熨了一下。

「『一頭淺色頭髮、穿紅格子棉布裙、戴一頂草帽』，她知道的就只有這些，就這些！換成我，我還真是沒辦法說出這樣的話來。那畢竟是她唯一的外甥女啊，更何況她還從西岸大老遠地跑到這兒來。」

隔天，大約三點四十分，提摩西與南西駕著馬車去車站接他們的小客人。提摩西是老湯姆的兒子。鎮上的人說，如果說老湯姆是波麗小姐的右手，那提摩西便是她的左手，兩人都是得力助手。

提摩西是個秉性善良、長相英俊的年輕人。儘管南西來到哈靈頓莊園工作的時間並不是很長，但是他們倆已經成了好朋友。不過，今天的南西實在太在意波麗安娜小姐交代的任務，所以不像平常一樣健談。一路上，她都十分安靜，到站後就懷著興奮的心情，在車站等待波麗安娜，幾乎都沒跟提摩西說上一句話。

她在心中一遍又一遍地複習「一頭淺色頭髮、身穿紅格子棉布裙、戴一頂草帽」，同時也不停地想像波麗安娜是個怎麼樣的孩子。

「我希望她是個安靜懂事的孩子，而且不會把刀叉掉到地上，或是把門砰的關上，這可是為了她好。」她嘆了口氣，對著剛從別處蹓躂回來的提摩西說。

「哈哈！如果她一點都不安靜，真不知道對我們其他人的生活，會造成什麼樣的影響呢。」提摩西笑著說。「想像一下，波麗小姐跟一個吵鬧的孩子相處的畫面。啊，快聽！是火車的汽笛聲。」

「噢，提摩西，我……我覺得小姐對她的外甥女太刻薄了……」南西在回應提摩西的同時，慌慌張張地跑向可以清楚看到下車乘客的位置。

沒過多久，南西就看到她了。一個瘦瘦的小女孩穿著紅格子棉布裙，頭髮綁成兩條粗粗的麻花辮垂在背後，草帽下那張有著雀斑的小臉充滿了期盼的神情。她不停左顧右盼，很明顯正在找人。

雖然南西立刻就認出她來，但她控制不了自己顫抖的膝蓋，以致遲遲無法走向前。當南西好不容易平靜下來走過去時，下車人群已散，只剩小女孩一個人靜靜地站在那裡。

「妳是……波麗安娜小姐嗎？」南西用有點顫抖的聲音問道。話才剛說完，小女孩就衝向她緊緊抱住，緊到南西都快窒息了。

「噢！能見到您我真是太開心了！」一個興奮熱切的聲音在南西的耳邊叫道，「噢！我當然是波麗安娜，您能夠來這裡接我，真是太好了！我一直盼著您呢。」

「妳……妳盼著我來接妳？」南西驚訝地問，很疑惑波麗安娜怎麼會知道自己，而且還期待自己來接她。「妳……真的很希望我來接妳？」南西又問了一次，一邊想要把自己的帽子戴正一點。

「噢，當然！我整天都在想像您的樣子。」小女孩高興到幾乎是用喊的在說話，並好奇地打量著尷尬的南西。「現在我知道啦！您就跟我想像的一模一樣。」

此時，提摩西朝著她們兩人走來，這讓南西鬆了一口氣，因為波麗安娜的話實在令她摸不著頭緒。

「這個是提摩西。妳應該有行李箱吧？」南西試探地問。

「我有啊。」波麗安娜用力地點點頭。「我有一個新的行李箱，是婦女勸助會的人買給我的。她們人真好，不是嗎？其實，她們很需要新地毯，但還是買了個行李箱給我。雖然我不知道這個行李箱值多少張紅地毯，但總是能買一些的，至少可以鋪滿半個教堂的走道吧，您覺得呢？另外，我這裡有一個小東西，格雷先生說是張寄放單，要我在拿行李箱之前把它交給您。格雷先生是格雷太太的丈夫，他們是卡爾執事的表親，我跟他們一起搭車到東部來，他們人非常好！噢，等一下，在這裡。」波麗安娜停下腳步，好不容易才在包包裡摸出那張寄放單。

南西深深吸了一口氣。事實上，在聽完波麗安娜的「長篇大論」之後，還真有必要來個深呼吸。南西偷偷瞧了提摩西一眼，但提摩西卻故意看向另一邊。

好不容易，他們三個人一起離開了火車站。他們把行李箱放在馬車後頭，波麗安娜坐在南西與提摩西中間，身體緊緊貼著兩人。從他們準備踏上歸途開始，小女孩就像連珠砲似地，不斷拋出一大堆問題跟看法。而南西則試圖跟上波麗安娜的思路，搞得她有點暈頭轉向，差點喘不過氣來。

「快看哪！多美啊！那跟我們住的地方離得很遠嗎？我希望很遠，因為我喜歡坐馬車。」馬車才剛離開火車站，波麗安娜就這麼說。「當然，如果很近也沒關係，我不會在意，因為我想早點到家。哇！這條路好美！爸爸以前跟我說過這條路很漂亮，我就知道。」

突然間，她停止說話，似乎呼吸不太順暢。南西擔心地望著她，發現她的小臉顫抖，眼眶裡盈滿淚水。但是，她馬上勇敢地抬起頭。

「爸爸跟我說過這裡的一切，他全部都記得。對了……還有件事我應該要先告訴您的。格雷太太說，一見到您，我就應該跟您解釋，為什麼我穿著紅色的裙子，而不是黑色。她說，因為我爸爸剛去世，如果您看到我穿紅色衣服，一定會覺得很奇怪。可是，教堂的捐獻物資裡，除了一件天鵝絨緊身衣，就沒有其他黑色的衣服了。卡爾執事的夫人說，那件緊身衣一點都不適合我。而且，那件衣服許多地方都舊到磨出白點了，包括手肘處。有些婦女勸助會的人想過要買一件新的黑裙子跟帽子給我，但是有些人認為，那些錢應該用來給教堂買新的紅地毯。懷特夫人跟我說，這樣穿也沒關係，而且她也不喜歡穿黑色衣服的小孩。我是說，她當然很喜歡小孩，只是不喜歡他們穿黑色的衣服。」

波麗安娜停下來喘口氣。而南西則結結巴巴地說：

「我想，這樣穿……應該還好。」

「您能這樣想，我真是太開心了。我也是這麼覺得。」波麗安娜點著頭說，突然又有點哽咽，「穿黑色的衣服實在很難開心起來。」

「開心！」南西驚訝地倒抽了一口氣，打斷波麗安娜的話。

「是啊，爸爸去天堂陪媽媽，跟其他離開我們的人待在一起。雖然他說我一定要快樂，可是真的很難，就算穿了紅格子裙也很難真正開心起來，因為……我……我實在太想他了。而且，我總覺得爸爸應該要陪著我，因為媽媽和其他人，在天上有神還有許多天使陪伴。可是，我除了婦女勸助會的人以外，就沒有人陪我了。不過，我想我之後會開心起來的，因為我有您了啊，波麗姨媽。真高興我還有您！」

南西的心原本完全沉浸在心疼身旁這個小女孩的同情裡，但是聽到她的最後一句話，南西整個人嚇了一跳。

「噢，我想……親愛的，妳誤會了。」南西結結巴巴地說：「我是南西，我不是妳的波麗姨媽。」

「妳……妳不是嗎？」小女孩吃驚地問，一臉困惑。

「不是，我是南西。我不知道妳誤以為我是妳的波麗姨媽，我們兩人一點也不像。」

提摩西在一旁竊笑，而南西因為一心想趕快跟波麗安娜解釋清楚，實在沒空理會他那副看熱鬧的表情。

「噢，那妳是誰呢？」波麗安娜問道，「妳看起來也不像是婦女勸助會的人耶！」

聽到這句話，提摩西忍不住笑了出來。

「我是南西，是波麗小姐雇用來做家事的。除了洗衣服跟燙衣服之外，其他工作都是我負責。衣服的部分則是德金小姐的工作。」

「但是，有一位波麗姨媽吧？」小女孩急切地問道。

「我向妳保證一定有。」提摩西插嘴。波麗安娜明顯鬆了一口氣。

「噢！那就好。」沉默一會兒之後，她的臉龐又明亮了起來。「妳知道嗎？我還是很開心，雖然她沒有親自來接我，但是我就要跟她住在一起了，而且我還有你們陪我。」

聽到這些話，南西頓時脹紅了臉。提摩西轉向她，給她一個壞壞的笑容。

「她的嘴還真甜呢。」他說：「南西，妳怎麼還不謝謝這個小女孩呢？」

「我……我還在想波麗小姐的事情。」南西吞吞吐吐地說。波麗安娜放心地吁了一口氣。

「我剛剛也在想波麗姨媽的事，我對她的事情很好奇。妳知道，她是我唯一的姨媽，可是我從來都不知道我有一個姨媽，是爸爸後來才告訴我的，他說她住在山上的漂亮大房子裡。」

「妳說的沒錯。妳現在就能看到了。」南西說：「就是前面那棟有綠色百葉窗的白色房子。」

「哇，太漂亮了！房子周圍還有很多樹跟草地，我從來沒有看過這麼大片的草地呢。我的波麗姨媽是不是很有錢呀，南西？」

「是的，小姐。」

「我好高興喔！有錢的感覺一定很好，我還沒有認識任何一個有錢人呢！除了懷特一家之外，他們大概也很有錢。因為他們家的每個房間都鋪著地毯，週末他們都會吃冰淇淋。波麗姨媽週末也吃冰淇淋嗎？」

南西搖搖頭，嘴角忍不住微微抽動，笑著給提摩西使個眼色。

「不會，小姐。我猜妳的姨媽不喜歡冰淇淋，至少，我沒有在餐桌上看過冰淇淋。」

波麗安娜一臉失望。

「噢，她不喜歡嗎？太可惜了！不知道她為什麼不喜歡。但是，我還是覺得很開心，因為，不吃冰淇淋，肚子就不會痛了。我有次吃了很多懷特夫人給的冰淇淋，真的很多，結果就肚子痛了。雖然波麗姨媽不愛吃冰淇淋，但是姨媽的房子裡或許有鋪地毯呢。」

「是的，有地毯。」

「每間房間都有嗎？」

「呃，幾乎每一間都有。」南西回答，可是，她突然想到，閣樓裡的那間小房間並沒有地毯啊，南西不禁皺起眉頭。

「噢，我太高興了。」波麗安娜歡呼，「我好喜歡地毯。以前我們家裡一塊地毯都沒有。之前教堂的捐獻物資裡有兩塊小地毯，可是其中一塊的上面有墨水印。除此之外，懷特夫人家還有漂亮精美的畫，有的畫著玫瑰，有的畫著跪坐的小女孩，有些畫的是貓咪、小羊，還有一隻獅子。不過，小羊和獅子沒有畫在一起。噢，不過《聖經》上說牠們總有一天能夠好好相處。雖然在懷特夫人的畫裡，牠們沒有被畫在同一張上。妳呢？妳喜歡畫嗎？」

「我……我不知道。」南西回答，她的聲音像是被什麼東西塞住了。

「我喜歡噢。可是我們那裡沒有畫，妳知道的，大家不太會把畫捐給教堂。不過，還是有人捐過兩幅畫。但是，其中一幅太好了，所以牧師把它賣掉，然後另外買了一些鞋子。而另一幅實在太糟糕了，我們才剛把它掛起來，它就變成碎片了。我指的是畫框的玻璃破掉了，我記得我那時還哭了。不過，現在我倒是很高興那時候我們完全沒有這些好東西，這樣，我就會更喜歡波麗姨媽這裡的東西了。如果我之前看過許多，那麼我可能就不會這麼高興了。這種感覺，就好像是我平常用的都是褪色的棕色髮帶，可是，有一天，我突然在教堂的捐獻物資裡發現漂亮的新髮帶，那種驚喜感就跟現在一樣……噢，天哪！這就是那間美到不行的房子吧！」馬車才剛駛進通往房子的寬闊車道，波麗安娜就興奮地歡呼起來。

當提摩西忙著把行李搬下馬車時，南西終於找到機會在他耳邊偷偷地說：

「你別再跟我說什麼要離開的事！提摩西・德金，你可是沒辦法叫我走！」

「走？我才不會這樣說呢。」年輕人笑了起來，「倒是妳，可別想拉我一起走，有個孩子住在這裡，事情變得有趣多了。看來，每天都會比電影還要有看頭。」

「有趣？」南西生氣地說道，「讓她們兩個生活在一起，我想那個孩子的日子可不只是有趣那麼簡單了。我猜，到時候她一定得找塊大石頭躲起來避難。好吧，我要當那塊大石頭，提摩西。我一定要保護她！」她一邊說，一邊轉過身帶著波麗安娜走上那寬敞的臺階。

四、閣樓上的小房間

波麗．哈靈頓小姐並未起身親自迎接自己的外甥女。沒錯，當南西和那個小女孩出現在起居室的門口時，她就只是抬起頭，並極為冷淡地伸出了彷彿每根手指上都刻著大大的「責任」兩字的手。

「妳好嗎，波麗安娜？我……」她還來不及把話說完，波麗安娜已經穿過整個房間，直接往姨媽懷中飛撲而去。波麗小姐被這個動作嚇到渾身僵硬，不知該如何反應。

「噢，波麗姨媽、波麗姨媽，您願意讓我搬來和您一起住，我不知道有多開心。」她抽噎地說。「當我的人生只剩婦女勸助會的時候，您不知道能擁有您、南西，以及這所有的一切，是多麼美好的一件事！」

「我想也是，雖然我沒那個榮幸可以認識妳口中那些婦女勸助會的人。」波麗小姐一邊回答，一邊試圖鬆開小女孩緊抱著她不放的手，同時皺著眉看向門口的南西。

「南西，好了，妳可以去做妳的事了。波麗安娜，可以了，拜託妳站好，我到現在還沒機會看清楚妳到底長什麼樣子。」

仍興奮不已的波麗安娜立刻向後退了一步。

「對啊，我想也是，但您看，我其實沒什麼好看的，臉上長了很多雀斑。對了，我應該要解釋一下為什麼我會穿這件紅格子洋裝，而不是那件手肘上有白色斑點的黑色天鵝絨緊身上衣。我剛才已經告訴過南西，其實是因為我爸爸說……」

「好了，現在別管妳爸爸說什麼。」波麗小姐直接打斷她。「妳應該有帶行李來吧？」

「有，波麗姨媽，我有帶行李。我有一個漂亮的行李箱，是婦女勸助會買給我的。裡面沒裝什麼東西——我是說沒裝多少我自己的東西。最近捐獻物資中適合小女孩穿的衣服比較少；但行李箱裡裝了爸爸所有的藏書，懷特太太說，她覺得這些書應該要全部交給我，您看，爸爸……」

「波麗安娜，」姨媽再次毫不留情地打斷她，「有一件事最好現在就讓妳知道；我不想知道妳爸爸的事，別一直跟我提妳爸爸。」

小女孩深深吸了一口氣。

「波麗姨媽，您……你的意思是……」她遲疑了一下。

而她的姨媽立刻接著說：「我們現在上樓去妳的房間。我之前吩咐過提摩西，若妳有帶行李，就直接送去妳房裡，所以我想妳的行李應該已經送上去了。波麗安娜，妳跟我來。」

波麗安娜一句話也沒說，隨即轉身跟著姨媽走出起居室。她的眼眶裡噙滿淚水，但仍勇敢地把頭抬得高高的。

「無論如何，她要我不要提爸爸，我應該要高興才是。」波麗安娜心想。「不提爸爸對我來說，或許會比較輕鬆。說不定，這正是她不希望我提到爸爸的原因。」波麗安娜又找到了一個新的理由，說服自己姨媽是個「善良」的人。她眨了眨眼收起了眼淚，並開始熱切地起觀察姨媽的一舉一動。

她現在正跟著姨媽上樓梯。走在前方的姨媽，身上昂貴的黑絲裙正隨著她的步伐沙沙作響。途中經過一個門未關的房間，波麗安娜瞥見房間中鋪著柔軟的淡色地毯，地毯上還擺放著一張罩著綢緞椅套的椅子。而她現在腳下踩著的，則是一塊翠綠色的地毯，走在上面彷彿就像是踩在青苔鋪成的地面般不可思議。一路上，波麗安娜不斷被鍍金的畫框，以及網狀的蕾絲窗簾中所透出來的陽光，閃到睜不開眼。

「噢，波麗姨媽，波麗姨媽。」小女孩欣喜若狂地說：「好完美、好迷人、好漂亮的房子！您這麼有錢，您一定很開心！」

「波麗安娜！」走到樓頂的姨媽突然轉身對著她大喝一聲。「您竟然敢對我說這種話，真是太讓我驚訝了！」

「波麗姨媽，您有錢難道不開心嗎？」波麗安娜老實提出心底的疑問。

「一點也不，波麗安娜。我期盼自己不要因為上天賜予的禮物而驕傲自大。」這位女士表示，「更不會因為財富而得意忘形。」

波麗小姐說完後便轉身走下通往閣樓樓梯間的走廊。她現在很高興自己當初安排這孩子住進閣樓小房間的決定，沒有做錯。一開始會這麼安排，只是想讓這個外甥女離自己越遠越好，同時也害怕她孩子氣的行為一不注意就毀了她價值不菲的家具擺飾。沒想到，這孩子才初來乍到，竟然就顯露出如此虛榮的性格傾向。真慶幸自己的安排，如此理所當然又合情合理，波麗小姐心想。

波麗安娜的小腳踩著輕快步伐，跟著姨媽前進。沿途中，她的藍色大眼睛更是努力地四處張望，確保這棟令人讚嘆的房子裡，所有美麗有趣的事物能毫無遺漏地盡收眼底。而她現在所有的心思，都集中在一個令她興奮不已的期待上：在這些令人目眩神迷的門後頭，等待她的會是個怎麼樣的房間？會是個美麗、可愛、掛滿窗簾、畫作，以及鋪滿地毯的房間？而她真的能擁有這樣的房間？就在這個時候，波麗姨媽突然打開了一扇門，接著走上門後的窄梯。

上了樓梯後什麼也沒有，兩側的牆面光禿禿的。樓梯頂端一直到遠處的角落是一大片極為陰暗的空間，角落的屋頂低到幾乎碰觸到地面，而角落狹小的空間中，還堆了數不清的大小箱子。除此之外，這裡的環境也異常悶熱。波麗安娜感覺到呼吸有些困難，便下意識地把頭抬高，試圖讓自己呼吸到新鮮空氣。接著，姨媽打開了右手邊的那道門。

「來，波麗安娜。這就是妳的房間，妳的行李也在那裡，我想，妳應該有行李箱鑰匙吧？」

波麗安娜默默地點了點頭。她兩眼圓睜地看著眼前景象，嚇到說不出話來。波麗姨媽看了她的反應，皺起了眉頭。

「波麗安娜，我問妳問題的時候，希望妳能大聲的回答我，而不是點個頭就算了。」

「是的，波麗姨媽。」

「很好，這樣好多了。我想妳需要的東西，這裡應該都有了。」她在說話的同時還看了一下水壺及掛著毛巾的架子。「我會吩咐南西上來幫妳整理行李。晚餐準時六點開飯。」說完便走出房間，快步走下樓梯。

波麗安娜呆滯地目送姨媽離去後，她睜著大大的眼睛看著四周光禿禿的牆、空盪盪的地板，以及毫無遮蔽的窗子，最後把目光停在自己小小的行李箱上。這個行李箱不久前還擺放在她遙遠的西部老家裡，自己房間的地板上。她有些茫然地走向行李箱，跪坐在行李箱旁，雙手掩面地啜泣。

幾分鐘後，南西上樓來發現她跪坐在行李箱旁哭泣。

「不哭，不哭，可憐的孩子。」她立刻蹲下把小女孩擁入懷中，同時低聲安慰著她。「我就怕會看到妳這個樣子。」

波麗安娜搖搖頭。

「南西，我其實是個又壞又邪惡透頂的孩子。」她啜泣著說。「我只是不明白神和天使怎麼可能比我更需要爸爸。」

「其實祂們並不需要。」南西毫不猶豫地說。

「天啊！南西！」波麗安娜聽到南西這麼說，嚇得瞪大了眼，連眼淚都消失無蹤。

南西不好意思的微微一笑，並用力地揉了揉自己的雙眼。

「好啦，好啦，孩子，我只是隨口說說，不是真的這麼想。」南西立刻向她解釋。「來，把鑰匙給我，我們趕緊打開行李箱把妳的衣服歸位。」

眼眶中仍含著些許淚水的波麗安娜拿出了鑰匙。

「反正行李箱裡也沒什麼東西。」她略微緊張又有些不好意思地說。

「那麼，我們很快就可以整理好了。」南西表示。波麗安娜立刻露出燦爛的微笑。

「真的耶！所以應該開心囉？」她叫著。南西凝視著她。

「當……當然囉。」她有些不確定地回答。

南西靈巧的手很快就把行李箱裡的書、縫補過的襯衣，和幾件寒傖不起眼的洋裝，全都整理出來。波麗安娜則是堅強地帶著笑容滿場飛，一會兒把洋裝一件件掛進衣櫥，一會兒把書堆放到書桌上，一會兒又把襯衣放進五斗櫃裡。

「我相信……這裡整理過後……一定會是很好的房間。妳覺得呢？」過了一會兒，波麗安娜有些遲疑地說著。

南西沒有回答。顯然是太專心於行李箱的整理工作，以致沒有聽到波麗安娜的問話。波麗安娜站在五斗櫃旁，有些失望地看著光禿禿的牆面。

「雖然牆上什麼都沒有，不過，我很高興這裡同樣沒有鏡子，這樣我就不會從鏡子裡看到自己的雀斑。」

突然一個細微的奇怪聲響從南西那裡傳來。波麗安娜轉身查看，只見南西依舊埋頭在行李箱中。過了一會兒，波麗安娜站到其中一扇窗前，突然興奮地拍手大叫。

「南西，我剛才竟然沒注意到這裡的景象。」她雀躍地說。「妳看，從這邊可以看到遠方青翠的樹、漂亮的房子，以及教堂可愛的尖頂，還有像是銀色絲帶一樣閃閃發亮的河流。南西，在房間裡就能看到這樣的美景，誰還會想看牆上的畫。我好開心姨媽安排我住在這間房間！」

這時，南西的眼淚不禁奪眶而出，把波麗安娜嚇了一大跳，驚慌失措地快步走到南西身邊。

「南西，南西，發生什麼事了？」波麗安娜緊張地問。然後，她似乎想到了什麼，便擔心地問：「這該不會……原本是妳的房間吧？」

「怎麼可能是我的房間！」南西把淚水硬吞回去，並生氣激動地大叫。「妳一定是天上派來的小天使，才會忍受這樣的屈辱而沒有任何怨言！天啊！妳姨媽搖鈴叫我了！」南西暢所欲言後，站起身來急匆匆地往樓下跑去。

被獨自留在小房間裡的波麗安娜，走回到她認定能與「畫作」媲美的那扇窗前。過沒多久，大概是受不了房裡的悶熱，她試探地伸手拉了一下窗框。沒想到窗框竟然拉得動，她開心不已，就把整扇窗打開，還把整個上半身探出窗外，享受著新鮮甜美的空氣。

她接著奔向另一扇窗，迫不及待地把窗戶打開。一隻大蒼蠅掠過她的鼻尖飛進房內，並嗡嗡嗡地在房間裡四處亂飛。沒多久，又接連飛進了兩隻蒼蠅；但波麗安娜無心理會這些蒼蠅。她有個驚人的發現：窗戶旁有一棵大樹，大樹粗大的樹枝就這麼長到了窗戶旁，彷彿大樹正伸手邀請她一同遊玩。見此情景，波麗安娜放聲大笑。

「我想應該沒問題。」她笑著自言自語。轉眼間，波麗安娜已經敏捷地爬上窗臺，再從窗臺輕易地踩上離她最近的樹枝。接著，她就像隻猴子一樣，從一根樹枝盪到另一根樹枝，最後盪到離地最近的那一根樹枝。這根樹枝與地面的距離，即使是擅長爬樹的波麗安娜，還是會覺得有些害怕。但她仍是屏住呼吸，擺動著瘦而強壯的雙臂向下跳，並以四腳著地的方式落在柔軟的草坪上。落地後，她隨即起身好奇地四處張望。

她現在所在的位置是房子的正後方。在她的眼前有座花園，花園裡有個駝背老人正在工作。花園的另一頭則有一條穿越空曠田野的小徑，一直通往陡峭的山丘，山丘上有一棵松樹，孤單地守衛在巨石旁。對波麗安娜而言，山丘上的巨石頂端是她此時此刻最想去的地方。

波麗安娜跑向前，身手靈巧地繞過駝背老人，鑽過排列整齊的灌木叢，氣喘吁吁地抵達小徑入口。穿過田野小徑之後，她毅然決然地爬上山丘。不過，在爬了一會兒之後，她忍不住開始想，通往巨石的路程怎麼這麼遠，從窗戶那裡看起來明明很近，不覺得有這麼遠啊！

十五分鐘後，哈靈頓莊園的大鐘傳出了連續的六聲鐘響。就在第六下鐘聲結束之際，南西準時地搖響了晚餐的鈴聲。

一分鐘、二分鐘、三分鐘過去了。波麗小姐緊皺著眉頭，並焦躁地不斷以腳拍打地板。然後，她站起身穿過走廊，並不耐煩地從樓梯底下向上張望，專心仔細地聆聽片刻之後，又轉身走回飯廳。

「南西！」小女僕一出現在飯廳，她立刻告訴南西她的決定。「波麗安娜到現在還沒下來吃飯。不，妳不用去叫她。」正當南西要往走廊走去，她嚴厲地阻止了她。

「我之前已告訴過她晚餐開飯的時間，既然她不守規矩就得承擔後果。她最好從現在開始學會守時的重要性。等會兒她要是下來，給她一點牛奶和麵包讓她在廚房吃。」

「好的，小姐。」還好，波麗小姐剛好別過頭沒看到南西臉上的表情。晚餐結束後，南西抓住空檔迅速爬上閣樓的小房間。

「麵包和牛奶，還真大方！這可憐的孩子說不定是哭到睡著了。」她忿忿不平地抱怨著，同時輕輕地推開門。下一秒的景象，卻讓她驚得差點放聲大叫。「在哪裡？跑哪去了？到底跑哪去了？」她急得到處找，找了衣櫃、床底，甚至還翻了行李箱，最後連水壺的蓋子都掀開來找。遍尋不著後，她飛奔下樓，衝向在花園裡工作的老湯姆。

「湯姆先生，湯姆先生，那孩子不見了。」她傷心地哭著說。「那可憐的孩子一定是消失回天堂去了。小姐剛才還吩咐我，叫我拿牛奶和麵包讓她在廚房吃，我敢說她現在一定是在天堂，享用著天使才吃得到的美味大餐，肯定是這樣！」

老人抬起頭。

「不見了？天堂？」老湯姆一頭霧水地重複著南西說的話，眼神下意識地看向了日落絢麗的天空。他的視線突然停在一個地方，專注地看了一會兒後，嘴角慢慢地上揚微笑著。「沒錯，南西，她看起來的確想回到天堂去。」他一邊表示認同，一邊舉起手來指向一大片紅色天空中，可以看見一個與廣闊天空形成強烈對比的細小身影，而身影的主人正坐在巨石頂上享受著強風吹拂的滋味。

「看來，她今晚不會像我說的那樣回到天堂去。」南西如此宣布後，接著說：「如果小姐問起，告訴她我沒忘記要洗碗，只是先去散個步。」她一邊往巨石飛奔而去，一邊回頭叮嚀老湯姆。

五、遊戲

「看在老天的分上，波麗安娜小姐，妳可把我嚇壞了！」南西氣喘吁吁地快步跑向那顆大石頭。波麗安娜才剛從上面溜下來，臉上帶著靦腆笑容。

「我嚇到妳了嗎？噢！真對不起，不過妳真的不用擔心我，南西。以前爸爸跟婦女勸助會的人也常常為我擔心，不過後來他們就知道我總能平安回來。」

「但是，我根本不知道妳出去了。」南西大喊並拉過小女孩的手，緊緊地夾在自己的手臂下，帶著她往山下走去。「我們沒有人看到妳出去，我猜妳是從屋頂上飛出去的吧？一定是的。」

波麗安娜開心地蹦蹦跳跳。

「我是啊！不過我不是飛上去，是飛下來。我從樹上溜下來的。」南西停下腳步。

「妳說什麼？」

「我從窗戶外頭的樹上溜下來的。」

「我的天呀！」南西倒抽了一口氣，帶著波麗安娜加快腳步往前走。「妳的波麗姨媽會怎麼說啊？」

「妳想知道她會怎麼說嗎？那，我會告訴她，然後妳就可以知道了。」小女孩開心地跟南西保證。

「老天保佑！」南西喘著氣說：「千萬別說！千萬別說！」

「為什麼？該不是她會很介意吧？」波麗安娜大喊，顯得很不安。

「不是……呃……是的，算了，別在意這些。我其實沒有特別想知道她要說什麼，真的。」南西結巴地說。她下定決心，不管未來波麗安娜會受到怎麼樣的待遇，這次無論如何，絕對不會讓波麗安娜被她的姨媽責罵。「但是，我們還是走快一點比較好，我還得把剩下的碗洗完。」

「我可以幫忙。」波麗安娜立刻開心地說。

「噢，波麗安娜小姐！」南西沒有同意。

兩人沉默了片刻。天色很快變暗，波麗安娜把南西的手臂抓得更緊了些。

「我想，我還是很開心的。因為妳……有一點為我擔心，所以妳才會來找我。」她打了個哆嗦。

「可憐的小傢伙，妳一定餓了。可是現在，妳只能跟我一起在廚房裡吃麵包和牛奶了。妳的姨媽不太高興，因為妳沒有下樓吃晚餐。」

「但是我沒辦法去吃晚餐，我剛剛在山上。」

「我知道，可是……妳姨媽她不知道啊。」南西忍住不笑，又生硬地解釋了一遍，「我很抱歉妳只能吃麵包和牛奶，真的很抱歉。」

「噢，不會呀，我很開心。」

「開心！為什麼？」

「為什麼？因為我喜歡麵包跟牛奶，而且也喜歡和妳一起吃飯，這些很值得我開心呀！」

「好像不管發生什麼事，妳都能找到開心的理由。」南西說，她想起波麗安娜是那麼努力地要讓自己喜歡上那間空蕩蕩的小閣樓。一想到這，她就不禁有點哽咽。

波麗安娜輕笑了起來

「噢，就是那個遊戲呀，妳知道嗎？」

「遊戲？」

「對呀！就是開心遊戲。」

「妳到底在說些什麼呀？」

「噢，這是爸爸教我的遊戲，很有趣呢！」波麗安娜回答。「從小，我跟爸爸就常玩這個遊戲，後來我把它告訴婦女勸助會的人，有些人也跟著我們一起玩。」

「要怎麼玩呢？其實我不太會玩遊戲。」

波麗安娜笑了起來，但是，很快地又嘆了一口氣。在漸暗的天色中，她瘦小的臉上寫滿了眷戀與不捨。

「其實，這個遊戲，是從教堂捐獻物資裡的幾根枴杖開始的。」

「枴杖！」

「是呀，那時候我很想要一個洋娃娃，而爸爸也寫信告訴他們了。可是，當捐獻物資送到我們這裡時，管理捐獻物資的女士寫信告訴我們，沒有人捐洋娃娃，只有一副小枴杖。所以，她就把枴杖寄來給我們了，如果哪天有孩子需要，小枴杖就派得上用場。而我們就是在這個時候開始玩這個遊戲的。」

「呃，其實我看不太出來，枴杖的故事跟遊戲有什麼關係。」南西開始有點著急地想要知道更多。

「噢，有關係的。簡單來說，這個遊戲就是要妳無論發生什麼事，都要找到可以開心的理由。」波麗安娜很認真地解釋，「枴杖，就是我們玩這個遊戲的起點。」

「噢，我的天啊！其實妳真正想要的是一個洋娃娃，但最後卻只得到枴杖。我實在看不出這件事有什麼好值得開心的。」波麗安娜拍起手來。

「有的，有的。」她開心地說：「但是，我一開始也沒發現，」她向南西坦承，「是爸爸告訴我的。」

「那妳趕快告訴我吧！」南西簡直快等不及了。

「很簡單。哎呀，就是因為妳不需要用到那些枴杖，妳才會開心呀！」波麗安娜勝利地歡呼道。「妳看，只要知道該怎麼玩，這個遊戲其實很簡單吧。」

「那還真是有點奇怪。」南西嘀咕，有些疑惑地看著波麗安娜。

「不會奇怪呀，很有趣的。」波麗安娜充滿熱情地繼續說著，「從枴杖之後，我們就開始玩這個遊戲，而且我們發現，值得開心的理由越難找，尋找的過程就越有趣。只是……只是有時候真的好難，就拿爸爸去了天堂這件事來說，要找到值得開心的理由實在太難了。因為，除了婦女勸助會的人之外，我身邊什麼親近的人也沒有了。」

「是啊，或是當妳必須住在那間破破爛爛、空空蕩蕩的小房間裡的時候。」南西突然提高音量，氣鼓鼓地說。

波麗安娜嘆了口氣。

「這一開始也是挺難的，」她向南西承認，「因為我那時覺得有點孤單，而且又是那麼嚮往那些漂亮的東西，所以，我差點就要放棄玩這個遊戲了。可是，我又突然想起，我很討厭在鏡子裡看到自己的雀斑，再加上我看到了窗外那如畫的美景，我想我又找到讓自己開心的事了。妳看，如果妳這麼努力尋找可以讓妳開心的事，妳就不會對妳原本想要的東西如此耿耿於懷了，就像那個洋娃娃，妳說是吧？」

「嗯。」南西突然覺得有什麼東西哽住了自己的喉嚨。

「玩這個遊戲通常不會花很久的時間。」波麗安娜嘆了口氣，繼續說：「而且一般來說，我根本不用花很多時間就可以找到值得開心的事。妳知道嗎？我對這個遊戲已經很熟悉了，也覺得它真的很好玩。爸爸和我以前都非常喜歡玩。」她支支吾吾地說，「可是，我想，現在……可能有點難，因為沒有人陪我一起玩了。不過，或許波麗姨媽會想玩這個遊戲吧。」波麗安娜想了想，又加了一句。

「我的老天！她？」南西倒抽了一口氣，然後執拗地大聲說：「噢，波麗安娜小姐！我不敢說我很擅長這個遊戲，或是知道該怎麼玩這個遊戲，但是，我會陪妳一起玩的，一定會的！」

「噢，南西！」波麗安娜興高采烈地抱住了南西，「太棒了！我們一定可以玩得很開心！」

「嗯……或許吧。」南西遲疑地回答，「但是，妳可別期望太高，我不太擅長玩遊戲，不過我會努力試試看的。無論如何，現在有人跟妳一起玩了。」她們邊說邊走進廚房。

波麗安娜津津有味地吃完了麵包跟牛奶，接著，在南西的建議下，波麗安娜去了客廳，找正在看書的姨媽。

波麗小姐冷淡地抬起頭看著她。

「晚餐吃完了嗎，波麗安娜？」

「吃完了，波麗姨媽。」

「波麗安娜，很遺憾妳剛來，我就不得不罰妳在廚房吃麵包跟牛奶。」

「但是，波麗姨媽，我很高興您這麼做了。因為我很喜歡麵包跟牛奶，而且我很高興能跟南西一起吃，所以，您一點都不需要為這件事情感到難過。」

波麗小姐在椅子上稍微坐直了身子。

「波麗安娜，妳該上床睡覺了。今天妳一定累壞了，明天我們還得幫妳安排一下妳在這裡的生活，還得檢查妳帶來的衣服，看看有沒有需要再幫妳買些衣物。南西等下會給妳一根蠟燭，用的時候小心一點。明天早餐的時間是七點半，要準時，晚安。」

這時，波麗安娜十分自然地走到姨媽身旁，給了她一個充滿感情的擁抱。

「我今天真的很開心。」波麗安娜滿足地吁了一口氣。「在我來到這裡之前，我就知道我要學習適應這裡的生活，而現在我知道，我一定會喜歡跟您住在一起的。晚安。」波麗安娜邊說邊開心地走出了房間。

「我的天啊！」波麗小姐的聲音突然變大了。「這孩子也太奇怪了吧！」接著她皺起眉頭。「她很『高興』我處罰她，她覺得『不需要為了這件事感到難過』。而且，她說她會『喜歡』跟我住在一起！噢！我的天啊！」波麗小姐拿起書，忍不住又再次嘆息。

十五分鐘後，在閣樓的小房間裡，一個孤獨的小女孩正緊抓著床單啜泣。

「給被天使圍繞的爸爸，我知道我現在沒有在玩開心遊戲，而且我現在也不想玩。如果爸爸像我這樣，一個人睡在又黑又高的閣樓上，可能也沒辦法找出什麼值得高興的事吧。如果可以離南西跟波麗姨媽近一點，或是婦女勸助會的人也好，可能我還會好過一點。」

樓下的廚房裡，南西正忙著處理還沒做完的工作，她一邊用洗碗布使勁地擦著牛奶壺，一邊嘟囔著：「明明我想要洋娃娃，可是收到枴杖時卻得開心……如果玩這個可笑的遊戲，可以讓我變成波麗安娜的避風港，好好保護她，那……我一定會陪她玩的，一定會！」

六、責任問題

清晨不到七點波麗安娜就醒了，這是她來到哈靈頓莊園的第二天。由於她房間的窗戶分別面向南方和西方，所以她無法看到日出；但光看到早晨罩著一層薄霧的藍色天空，波麗安娜就知道今天一定是個大晴天。

小房間現在涼快了許多，流通的空氣中有著一種清新甘甜的味道。窗外的鳥兒正吱吱喳喳開心地叫個不停，波麗安娜一聽到鳥叫聲，便立刻飛奔到窗前想要與鳥兒說話。她從窗戶看出去，發現姨媽竟然出現在花園的玫瑰花叢中。她立刻以飛快的速度盥洗完畢，準備下樓去找姨媽。

波麗安娜火速地衝下閣樓的樓梯，途中經過兩道門，也沒順手把門帶上，任其門戶大開。穿過走廊下到一樓後，又在出前門時讓紗門發出了「砰！」的一聲巨響，才繞到房子後方的花園。

波麗姨媽站在玫瑰花叢旁正在交代駝背老人事情，突然間，聽到波麗安娜帶著興奮的笑聲，直直地衝入自己的懷中。

「噢，波麗姨媽，波麗姨媽，我今天早上好開心，能活著真好！」

「波麗安娜！」姨媽嚴厲喝斥，並在身上掛著一個九十磅小女孩的情況下，盡可能把身體挺直。「這就是妳平常道早安的方式？」

小女孩鬆手落地後，便開始踩著輕盈的步伐上上下下地跳個不停。

「才不是呢，我只有在喜愛的人面前，才會忍不住這樣道早安。波麗姨媽，我從窗戶看到您，立刻就想到您不是婦女勸助會的人，而是我的親姨媽；而您人又這麼地好，我就想我一定要下來給您一個大擁抱。」

駝背老人突然轉過身去，波麗小姐眉頭還來不及皺起來。

「波麗安娜，妳……我……湯姆，今天就到此為止。玫瑰花的事我想你知道該怎麼做了。」她不自然地說完便轉身快步離開。

「你一直在花園裡工作嗎？這位……先生？」波麗安娜好奇地問。

老人轉過身來。他雙唇不停地顫抖，眼裡因為滿溢著淚水，視線顯得有些模糊。

「是的，小姐。大家都叫我老湯姆，是這裡的園丁。」他答道。彷彿受到某種未知強大力量的驅使，老湯姆怯生生地伸出微微顫抖的手，摸了摸波麗安娜的金髮。

「小小姐，妳長得跟妳媽媽真的好像！我在她比妳還小的時候就認識她了。妳看，我當時就已經在這座花園工作。」

波麗安娜驚訝地倒抽一口氣。

「真的嗎？你真的認識我媽媽？而且認識她的時候，她還是地上的小天使，而不是天上的天使？那麼，請你跟我說說有關她的事！」波麗安娜一骨碌坐在老人身旁的泥巴小徑上。

房子裡傳來搖鈴聲。不一會兒，就看到南西從後門飛奔而來。

「波麗安娜小姐，這個在早上響的鈴聲，就是吃早餐的意思。」她大口喘著氣並一把拉起坐在地上的小女孩，同時催促著她往屋裡走。「其他時間的鈴聲，就是其他時間的吃飯鈴聲。但是，無論何時何地，只要聽到鈴聲，妳就要馬上起身用跑的進飯廳。如果妳不照著做，光靠我們兩人只想著要找出任何值得開心的事，大概真的是難上加難！」南西說完，就像趕不聽話的小雞進雞籠一樣，把波麗安娜趕進屋裡。

早餐開始用餐前的五分鐘，飯廳裡寂靜無聲，直到波麗小姐看到桌上飛舞的兩隻蒼蠅，才不悅的說：

「南西，那兩隻蒼蠅是從哪裡飛進來的？」

「小姐，我不知道。廚房裡沒看到有蒼蠅。」南西昨天上閣樓時情緒太激動，完全沒注意到波麗安娜房裡的窗子在昨天中午就已經被打開了。

「波麗姨媽，我想牠們可能是我的蒼蠅。」波麗安娜像介紹朋友一樣地說。「今天早上樓上有很多蒼蠅，大家都玩得很開心。」

南西正端著剛烤好的鬆餅進飯廳，一聽到波麗安娜的話，放下鬆餅後以極快的速度離開現場。

「妳的蒼蠅！」波麗姨媽倒抽一口氣。「妳在說什麼？這些蒼蠅是哪來的？」

「波麗姨媽，牠們當然是從窗戶外面飛進來的。有幾隻飛進來的時候，我有看到。」

「妳有看到！妳的意思是，妳明知道沒裝紗窗還把窗戶打開？」

「對啊！窗戶的確是沒紗窗，波麗姨媽。」

這時，南西再次端著鬆餅走入飯廳，她的表情很凝重，但臉非常地紅。

「南西，」女主人直接下命令，「妳現在先放下鬆餅，立刻到波麗安娜小姐的房間，去把窗戶關起來，順便把門也一起關上。等妳把早上該做的事都做完後，帶著蒼蠅拍把每一間房間都檢查過一遍，聽清楚了嗎？每一間房間都要仔細檢查。」

接著，她轉向自己的外甥女：

「波麗安娜，我已經為那些窗戶訂購了紗窗。我很清楚這是我的責任，但妳好像完全忘記妳的責任。」

「我的……責任？」波麗安娜一臉疑惑。

「當然，我知道房間裡的溫度有點高，但我認為在紗窗送來之前，維持窗戶緊閉正是妳的責任。波麗安娜，蒼蠅不只是骯髒及令人厭惡，對健康也會有很大的危害。早餐吃完後，我會給妳一本小冊子，上面有一些相關的訊息，妳好好看一看。」

「看書嗎？噢，波麗姨媽，真的很謝謝您，我好喜歡看書！」

波麗小姐深吸一口氣後緊閉著雙唇。看到姨媽嚴肅的表情，波麗安娜蹙起了眉頭想了想。

「您說的沒錯，波麗姨媽，對不起，我忘記了自己的責任。」波麗安娜戰戰兢兢地向姨媽道歉。「我不會再隨便把窗戶打開。」

波麗姨媽沒有任何反應。事實上，一直到早餐結束，她一句話也沒說。用餐完畢，波麗姨媽起身走向起居室的書櫃，從中抽出一本小手冊，才又走回到波麗安娜的身邊。

「波麗安娜，我剛說的資料就在這本小冊子裡，我要妳立刻回到房間好好地把它看過一遍，半個小時後我會上去看一下妳行李箱裡的東西。」

波麗安娜看著封面上蒼蠅頭部放大數倍的圖片，興奮地大喊：「波麗姨媽，謝謝您！」

說完便蹦蹦跳跳地離開起居室，還順帶送上一聲「砰！」的關門聲。

波麗小姐又蹙起了眉頭，但她並未馬上起身，而是猶豫了一會兒才從椅子上起來，以威嚴的姿態走到門口想叫住她，但打開門後，波麗安娜早已不見蹤影，只聽到遠遠傳來啪嗒啪嗒的腳步聲。

半小時之後，波麗小姐臉上帶著「責無旁貸」的嚴肅表情上了閣樓。她一進入波麗安娜的房間，迎接她的是波麗安娜熱情的問候。

「波麗姨媽，我從來沒看過這麼可愛又有趣的東西。我好高興您拿那本書給我看。我從沒想過蒼蠅的腳竟然可以攜帶這麼多東西……」

「好了，」波麗姨媽語帶威嚴地說：「波麗安娜，去把妳的衣服拿出來我看看，不適合穿的就送給蘇利文一家。」

波麗安娜心不甘情不願地放下手中的小冊子走向衣櫃。

「我想，您可能會比婦女勸助會的人更討厭這些衣服，她們說這些衣服最好不要拿出來丟人現眼。」她嘆了口氣地說。「這些衣服大多是男生或比我年長的人穿的，都是最近這兩三年從教堂的捐獻物資中拿到的衣服；波麗姨媽，您有從捐獻物資中拿過東西嗎？」

波麗安娜看到姨媽震驚忿怒的神色立刻改口。

「噢，不，波麗姨媽，您當然不可能拿過捐獻物資。」她紅著臉緊接著說：「我忘記了，有錢人不需要捐獻物資，但有時候我會忘記您是有錢人……畢竟住在像這樣的房間，不會覺得自己是住在有錢人家家裡。」

波麗小姐氣得說不出話來。但波麗安娜卻完全沒意識到自己說了些不中聽的話，還拚命地講個不停。

「不過，我想說的是，您永遠無法預期捐獻物資裡會有什麼東西，您想要的永遠都找不到，但您認為不可能會出現的東西有時反而會出現。整理教堂的捐獻物資，通常也是那個遊戲難度最高的時候，爸爸……」

波麗安娜及時想起她不應該在姨媽面前提到父親，連忙把頭埋進衣櫃裡找衣服，並把她那些破破爛爛的衣服都抱了出來。

「這些衣服真的不是很好。」她不好意思地說：「她們本來要買黑色的衣服給我，不過因為教堂要買紅地毯所以沒買成；反正這就是我全部的衣服了。」

波麗小姐用指尖翻了翻這堆衣服，一看就知道沒有一件適合波麗安娜。接下來，她看了看抽屜裡的襯衣又皺起了眉頭。

「最好的我都已經穿在身上了。」波麗安娜不安地坦承。「婦女勸助會幫我買了一整套新的襯衣。瓊斯太太，也就是婦女勸助會的主席，告訴他們就算沒錢買地毯，餘生被迫要走在光禿禿的地板上，也要買給我。但這種情況不會發生。懷特先生非常怕吵，他太太也說他有點神經質。不過，因為懷特先生很有錢，所以大家都覺得他會因為怕吵而願意多捐一點錢來買地毯。我認為，因為他很有錢，就算神經質他也會感到開心吧，您不覺得嗎？」

波麗小姐似乎沒在聽。她檢查完襯衣後，突然轉向波麗安娜。

「波麗安娜，妳應該有去上學吧？」

「有的，波麗姨媽。而且，爸……我的意思是說，我也有在家自學。」波麗小姐皺著眉頭想了一會兒。

「很好。秋天開始，妳會進入這裡的學校就讀。當然，學校的校長侯爾先生會決定妳要從哪一年級讀起。同時，我想我每天應該要花半小時的時間聽妳朗讀。」

「我很喜歡看書，所以，如果您不想聽我朗讀，我自己默讀同樣會很開心的。真的，波麗姨媽。真的一點都不勉強，我最喜歡自己默讀了，因為可以學到很多新的字。」

「我相信是這樣。」波麗小姐冷冰冰地說。「妳有學音樂？」

「學得不多，我不喜歡自己彈奏樂器，但我喜歡聽別人演奏。我學過一點鋼琴，教我的是負責在教堂演奏的葛蕾小姐。但是波麗姨媽，我很快就忘光光了，真的還不如不學。」

「我想也是。」波麗姨媽略為挑眉地說。「但是，我覺得我有責任要讓妳學點樂器，起碼要學會一點皮毛。妳應該會縫紉吧。」

「會的，姨媽。」波麗安娜嘆了口氣說：「婦女勸助會的人教過我縫紉，但是我學得很痛苦。瓊斯太太認為其他人縫鈕釦的拿針方式不對，而懷特太太則認為倒縫應該要比收邊（或其他任何一種技巧）先學，而哈里曼太太則認為衣服破了就別穿了，根本不用補。」

「波麗安娜，這些情況以後都不會再發生，我會親自教妳縫紉。我想，妳應該也不會烹飪吧。」

波麗安娜噗哧地笑了出來。

「她們今年夏天才開始教我，但我學得不多。她們的意見比教縫紉時更分歧。她們本來想要從做麵包開始教，但是每個人的麵包做法都不一樣，結果在一次的縫紉聚會中，她們爭執了一番後決定輪流來教我，我一週會有一個上午的時間，必須到授課老師家的廚房學習烹飪。不過，我才學了巧克力軟糖和無花果蛋糕就被迫停止。」她有些哽咽的說著。

「巧克力軟糖和無花果蛋糕，是吧？」波麗小姐不屑地說。「我們很快就能把妳的程度拉上來。」她停下來想了一會兒才慢慢開口：「每天早上九點，我要聽妳朗讀半小時。妳要利用九點前的時間把房間整理好。星期三和星期六上午十點半，妳要和南西在廚房學做飯。其他日子的上午時間，妳要和我學縫紉。這麼一來，下午的時間就可以拿來上音樂課。當然，我會立刻幫妳找一個音樂老師。」她果斷地起身結束了這段對話。

波麗安娜沮喪地大叫。

「但是，波麗姨媽，您完全沒有留時間給我過生活。」

「過生活？孩子！妳在說什麼？妳不是一直都在生活！」

「波麗姨媽，我做那些事的時候當然有在呼吸，但那並不是生活。您時時刻刻都在呼吸，睡覺時也在呼吸，但那並不是生活。我所謂的生活指的是做自己想做的事：在戶外玩耍、讀書（我是指看自己想看的書）、爬山、和湯姆先生在花園聊天、和南西聊天，以及跑到我昨天才剛經過的那條迷人可愛的街道上，好好地發掘與這棟房子及這裡的人們有關的一切，好好探索這裡的每一處及每件事。這些才是我所謂的生活，波麗姨媽。只是呼吸並不算是生活！」

波麗小姐生氣地抬起頭。

「波麗安娜，妳真是全世界最奇怪的孩子！當然，妳會有適當的玩樂時間。但可以肯定的是，如果我願意盡我的責任，讓妳得到適當的照顧及學習的機會，妳應該至少要願意盡妳的責任，不要不知感激地把我對妳的照顧及教導白白浪費掉。」

波麗安娜聽了這些話，感到非常震驚。

「波麗姨媽，我怎麼可能會不感激您！我愛您，而且您跟那些婦女勸助會的人不一樣——您是我的親姨媽！」

「很好！那就別表現得一副不知感激的樣子。」波麗姨媽說完，便向外走去。她都已經走下了一半的樓梯，一個顫抖的聲音才從身後叫住了她：

「波麗姨媽，請等一下，您還沒告訴我哪些衣服要送人。」波麗姨媽累得嘆了一口氣嘆息聲大到波麗安娜都聽得到。

「噢，波麗安娜，我忘了告訴妳，提摩西下午一點半會載我們到鎮上。妳那些衣服全都不適合，我的外甥女不會穿這樣的衣服。只有不負責任的人才會讓妳穿這樣的衣服見人。」

波麗安娜聽了嘆了一口氣，她相信自己已經開始痛恨「責任」這兩個字。

「波麗姨媽，求求您告訴我，」她絕望地哀求，「盡責任這件事有任何值得開心的地方嗎？」

「什麼？」波麗小姐既驚訝又疑惑地看著波麗安娜。瞬間，她的臉色脹紅，丟下「波麗安娜，不准無禮！」這句話後，隨即轉身走下樓去。

悶熱的閣樓小房間裡，波麗安娜沉重的身體直接落在椅子上。對她來說，未來的生活將會無止境地籠罩在責任之下。

「我真不知道自己哪裡無禮了。」她嘆了口氣，自言自語，「我只是想問她能不能告訴我，如何在盡責任的過程中，找到值得開心的事而已。」

波麗安娜就這樣一言不發地在那張椅子上坐了好幾分鐘，她悲傷的眼神一直盯著床上那堆即將被丟棄的衣服。過了一會兒，她站起身來開始收拾這些衣服。

「在我看來，盡責任真的沒什麼值得開心的事。」她大聲地說著，「不過，當責任完成就可以開心了！」想到這裡，她便笑了出來。

七、波麗安娜被處罰了

下午一點半的時候，提摩西駕著馬車，載著波麗小姐和她的外甥女，到離哈靈頓莊園大約半英里遠的幾家大服飾店。

為波麗安娜添購新衣服，對大家而言，多少都是個有趣的過程。買完衣服後，波麗小姐大大地鬆了一口氣，那種感覺，就像是剛走過薄薄的火山口表面，好不容易回到堅實地面般如釋重負。而為她們倆服務的店員，個個都笑得滿臉通紅，波麗安娜留給他們的趣事，足夠讓他們在這星期剩下的幾天中回味不已。

波麗安娜則是心滿意足，臉上掛著燦爛笑容，就像她跟店員說的一樣：「以前我都是穿捐獻物資裡或是婦女勸助會給的舊衣服。但是現在，我能夠直接走進店裡買全新的衣服，還不會因為衣服不合身，而需要把衣服捲起來或放長，這真是太棒了！」

買新衣服花了她們整整一個下午的時間。波麗安娜吃完晚餐之後，和老湯姆在花園裡開心地聊起天來；接著，等南西洗完碗後，波麗安娜又跑去跟南西聊天，而波麗姨媽則出去拜訪鄰居去了。

波麗安娜從老湯姆那邊聽到許多關於母親的故事，這讓她高興極了，而南西則跟波麗安娜說了關於小農場的一切。在那個跟哈靈頓莊園相隔六英里遠，地處偏鄉的小農場裡，住著南西的母親，還有南西年幼的弟弟妹妹。她還說，如果哪天波麗小姐允許，她可以帶波麗安娜去看看她的家人。

「而且他們的名字都很好聽，妳一定會喜歡他們的名字的。」南西嘆了口氣說：「他們叫『阿爾吉儂』、『佛蘿拉貝兒』，還有『愛絲戴拉』，不像我……我還真不喜歡『南西』這個名字。」

「噢，南西是個多美的名字。為什麼妳不喜歡呢？」

「跟弟弟妹妹比起來，我的名字不像他們的那麼好聽。其實，很多故事裡出現的名字都很好聽，但我是老大，我出生的時候，我媽媽讀過的故事還沒那麼多。」

「可是我喜歡『南西』這個名字，因為這是妳的名字。」波麗安娜說。

「哼！如果是這樣，我想妳應該也會喜歡『克拉麗莎．梅貝兒』這類的名字。」南西反駁道。「要是我能取這樣的名字就好啦，一定比被叫『南西』來得開心，而且這種名字好聽極了。」

波麗安娜笑了起來。

「好啦，不管怎樣，」她咯咯地笑著說：「妳應該要慶幸，至少妳媽媽沒幫妳取『海芙瑟芭』這類的名字。」

「海芙瑟芭？」

「是啊，懷特夫人的名字就是『海芙瑟芭』。她丈夫喜歡叫她『海芙』，但她自己可不喜歡。她說，每次聽她丈夫喊『海芙！海芙！』，她覺得他下一句馬上就會喊『好哇！』。她可不喜歡別人『好哇！好哇！』地對著她喊呢。」南西原本沮喪的臉，被波麗安娜的話逗得笑開了。

「噢，妳知道嗎？妳還真有一套，以後我只要聽到別人叫我南西，就會想到『海芙！海芙！』地笑出來。我想，我現在確實開心起來了……」南西似乎想到什麼事地停頓了一下，然後訝異地轉頭看著身旁的小女孩，「我說，波麗安娜小姐，妳說……我應該要慶幸自己不叫『海芙瑟芭』，我們是不是在玩那個開心遊戲呀？」

波麗安娜微微皺了下眉頭，接著笑了。

「南西，妳說對了。我們剛剛就是在玩那個遊戲，不過，這次我沒有刻意去玩這個遊戲，不知不覺就玩起來了。妳看，只要玩得次數夠多，妳就會習慣去找可以讓自己開心的事。而且，通常我們都可以在每件事情中，找到令我們開心的事，只要我們堅持找下去。」

「嗯，也許是吧。」南西仍有點猶疑地附和波麗安娜。

晚上八點半是波麗安娜上床睡覺的時間。不過紗窗還沒有送來，所以窗戶還不能打開，整個小房間熱得跟烤爐一樣。波麗安娜雙眼渴望地盯著那兩扇緊閉的窗戶，但她沒有把它們打開。她脫下衣服，將它們整齊地疊好，做完禱告後，吹熄蠟燭躺在床上。但是，因為實在太熱了，波麗安娜在床上翻來覆去，從小床的這一邊滾到另外一邊。也不知道這樣滾了多久，還是無法入睡。她覺得，她似乎已經在床上躺了好幾個小時了。終於，她輕手輕腳地溜下床，摸索著走到門邊，打開了房門。

主閣樓裡，月光從東側的天窗透了進來，灑在地面上，穿過了半個房間，形成一條銀色的小徑。除了那條銀色小徑外，閣樓到處都是黑漆漆的，如天鵝絨般漆黑的夜色鋪滿了其他地方。波麗安娜深吸一口氣，踏著那條銀色小徑，爬上了窗臺。

她之前很希望窗戶都已經裝上紗窗，但是到今天都還沒有裝，所以必須緊閉窗戶。對現在的波麗安娜來說，窗戶外除了有美麗的世界，還有新鮮、甜美的空氣可以舒緩她熱到發燙的手跟臉頰。

波麗安娜輕手輕腳地越靠越近，仔細觀察外頭，她發現，在窗戶下面不遠處，有片平坦的小鐵皮屋頂。那是波麗姨媽日光室的屋頂，就蓋在馬車出入道的上方。

她好想躺在那片屋頂上啊，如果現在就可以，該有多好！

她小心翼翼地回頭看，她身後只有那間悶熱的小房間，還有房間裡那張冒著熱氣的小床。而且，現在她與小房間之間橫著一大片令人害怕的黑色沙漠，如果想要回去，就得伸長手臂，四處摸索才行。相反地，只要她往前跨上幾步，就可以享受到夏日夜晚甜美的空氣，以及正在等著她的一片涼爽的鐵皮屋頂。

如果她的小床可以放在那裡該有多好啊！其實很多人都會在外頭露宿呢。例如，老家的喬・哈特利，不就是因為肺結核，所以必須睡在外頭嗎？

波麗安娜突然想起來，閣樓窗戶旁邊掛著一排白色的袋子。南西說，裡頭是波麗姨媽冬天的衣服，每到了夏天，這些冬天的衣服就會被收到這裡來。波麗安娜忍住心裡的害怕，摸黑找到了它們。她選了其中一個袋子，摸起來鼓鼓的，裡面裝著波麗小姐的海豹毛外套，剛好可以拿來當床墊；接著，又摸到一個小一點的，可以摺起來當做枕頭。這還不夠，她又找了一個摸起來空空的袋子，拿來當做被單。一切都準備好了之後，波麗安娜興高采烈地跑到窗戶邊，拉起窗框，先從窗戶把她的裝備放到屋頂上，接著自己也從窗戶溜了出去。不過，她可沒忘記要把窗戶關好，因為波麗姨媽最討厭腳上有很多細菌的蒼蠅了。

屋子外頭涼爽極了！波麗安娜深呼吸了好幾口新鮮空氣，並開心地在屋頂上跳起舞來，腳下的鐵皮屋頂也因為她的舞步，發出了清脆的聲音。她在屋頂上來來回回走了兩三趟，跟屋內的悶熱相比，屋外簡直就像天堂一樣，這讓波麗安娜開心不已。而且，這個屋頂如此平坦，一點都不用擔心會失足跌下去。終於，波麗安娜心滿意足地舒了一口氣，縮在海豹皮的床墊上，把枕頭擺好，被子弄好，準備好好地睡上一覺。

「幸好紗窗還沒裝好，」她望著閃亮的星星，自言自語說道，「要不然，我怎麼能享受到這一切呢。」

這個時候的樓下，波麗小姐穿著睡衣跟拖鞋，臉色蒼白、驚慌失措地從日光室隔壁的房間跑出來。一分鐘前，她打電話給提摩西，用顫抖的聲音說：

「拜託你跟你父親帶著燈籠快點過來！現在有人在日光室的屋頂上。他一定是從玫瑰棚架或是其他地方進來的，萬一他從閣樓東邊的窗戶進到屋子裡，那該怎麼辦？我已經把閣樓的門鎖上了！快，快點過來！」

過了一陣子，在波麗安娜昏昏沉沉即將進入夢鄉之際，突然被刺眼的光線還有驚呼聲嚇醒。她張開眼睛，只見提摩西站在梯子的頂端，出現在她的身邊，而老湯姆正從窗戶口往外鑽，波麗姨媽則躲在他的身後探頭張望。

「波麗安娜，這到底是怎麼回事？」波麗姨媽見狀不禁脫口大叫。波麗安娜睡眼惺忪地坐起來。

「湯姆……波麗姨媽。」她結結巴巴地向他們打招呼。「不用擔心，我跟喬·哈特利不一樣，我沒有得肺結核。我只是覺得裡頭好熱，所以才到這裡來。不過，姨媽，我把窗戶關好了，所以蒼蠅也沒辦法將細菌帶進屋子裡。」

提摩西一溜煙地滑下梯子，一下子就不見人影，而老湯姆也趕忙把燈籠交給波麗小姐，匆匆離開。波麗小姐生氣地緊咬著唇，兩眼直盯著波麗安娜，等他們兩人離開後，她厲聲地對波麗安娜說：

「波麗安娜，馬上把那些東西給我，進屋裡來！妳還真是令人刮目相看！」她提著燈籠，轉身走進閣樓，波麗安娜緊跟在她身後。

波麗安娜在享受戶外的新鮮空氣後，對於屋內令人窒息的悶熱實在難以忍受。不過她一句話也沒說，只是嘆了一口長長的氣。

到了樓梯口，波麗小姐突然乾脆地說：

「波麗安娜，今天晚上妳就睡我這兒吧。紗窗明天就會到了，在這之前，我想我有責任把妳給看好。」

波麗安娜倒抽了一口氣。

「跟您一起睡？在您的床上？」她欣喜若狂地喊道。「噢，波麗姨媽，您真是對我太好了！我以前只有跟婦女勸助會的人一起睡在同一張床上，可是，我一直希望能夠跟自己的親人一起睡，而不是她們。我的天啊！真慶幸紗窗還沒有來！我好開心！我想您也是吧？」

波麗小姐像是沒聽到波麗安娜的吱吱喳喳，只是自顧自地往前走去。說實話，此時此刻，她覺得自己被一股奇特的無力感籠罩。這已經是她第三次處罰波麗安娜了。不過，每一次，波麗安娜都將她給的處罰視為特別的獎賞。這也難怪波麗小姐現在完全不知道該拿波麗安娜怎麼辦。

八、波麗安娜的探視

波麗安娜在哈靈頓莊園的生活很快就步入正軌，雖然這個正軌與波麗小姐一開始的設定有些落差。波麗安娜的確有在學縫紉、練琴、朗讀給姨媽聽，也有在廚房學習廚藝，但她從事這些活動的時間，遠不及波麗姨媽一開始規畫的時間。而且她有自己的時間，按照她的說法就是「生活」的時間，幾乎每天下午兩點到六點，她都可以做自己喜歡的事，不過前提是：她不能「喜歡」做波麗姨媽禁止她做的事。

不過，讓這孩子享有這麼多的自由時間，到底是為了讓波麗安娜能在做完功課後好好休息，還是為了讓波麗小姐可以暫時不用面對波麗安娜好好放鬆一下，仍是個未解之謎。但可以確定的是，七月才過沒幾天，波麗小姐已多次大呼：「怎麼會有這麼奇怪的孩子！」毫無疑問地，每次上完朗讀及縫紉課，波麗小姐都會有頭暈目眩及精疲力盡的感覺。

在廚房上課的南西，狀況則是好很多。她既不會頭暈目眩，也不覺得精疲力盡，事實上，星期三和星期六是她最開心的日子。哈靈頓莊園周遭鄰近地區並沒有小孩子可以陪波麗安娜一起玩耍。這棟房子位處在村子最外圍的地帶，雖然附近不遠的地方也有幾棟房子，但一樣沒有同齡的孩子可以和她做伴，不過，這對波麗安娜來說，似乎一點也不成問題。

「不會，我一點也不介意。」她向南西解釋。「光是在附近走走，看看這裡的街道、房子，以及來來往往的人，我就覺得很開心了。我就是喜歡人，難道妳不是嗎，南西？」

「好吧，我沒辦法說我喜歡人，因為不是所有的人我都喜歡。」南西直截了當地回答。

像這樣兩人共處的下午總是特別地愉快，而每次波麗安娜都會央求南西讓她幫忙「跑腿」，這麼一來她就能藉機四處走走；而就在她四處走走的過程中，她常會遇到一個人。儘管波麗安娜一整天會遇到不少其他的人，但她私底下總是以「那個人」來稱呼他。

那個人通常穿著一件黑色的長大衣，搭配一頂絲質帽子，而這兩樣恰好都是「一般男人」永遠不會選擇的服裝與配件。他臉上的鬍子刮得很乾淨，但面容有些蒼白，從他的帽緣底下可以看見略為灰白的頭髮。他走路時姿勢端正、速度很快，但他總是一個人，這點讓波麗安娜覺得他有點可憐。或許正是這個原因，有一天波麗安娜決定主動上前和他說話。

「先生，你好嗎？今天的天氣是不是很不錯啊？」當波麗安娜走近那個人時，她開心地向他大聲問候。

那個人先是往自己左右兩邊快速地看了看，然後有些不確定地停下腳步。

「妳是在……跟我說話？」他略為提高了語調。

「是的，先生。」波麗安娜笑嘻嘻地回應。「我說今天的天氣是不是很不錯啊？」

「蛤？喔！呿！」他不耐煩地嘀咕了幾聲，便繼續向前走。波麗安娜笑了笑，心想他真是個有趣的人。

隔天她又再次遇到那個人。

「今天天氣雖然沒有昨天好，但還是個相當不錯的天氣。」她依舊是興致高昂地大聲問候。

「蛤？喔！呿！」那個人和昨天一樣不耐地嘀咕了幾聲，便繼續往前走。波麗安娜又再次開心地笑了出來。

第三次波麗安娜又以幾乎相同的方式和他打招呼。這次，那個人突然停下腳步。

「孩子，妳到底是誰，為什麼每天都來找我說話？」

「我是波麗安娜．惠提爾，我覺得您看起來很孤單。我好開心您停下來和我說話。現在我們已經算是認識了，只是我還不知道您的名字。」

「好了，別再……」那個人話沒說完就以更快的速度大步向前走去。

波麗安娜失望地看著他離去的背影，平日臉上的笑容也跟著消失不見了。

「他或許不明白我的用意，但我們的自我介紹才做了一半，我還不知道他的名字呢。」她邊走邊喃喃自語著。

波麗安娜今天要把牛蹄凍送去給史諾太太。波麗．哈靈頓小姐每個星期都會送一次食物到史諾太太的住處。因為史諾太太貧病交加，又是這裡教會的成員，所以波麗小姐認為照顧史諾太太是她的責任當然，也是所有教會成員的責任。波麗小姐通常是在星期四盡她對史諾太太的責任，不過不是本人親自做，而是交由南西來做。今天波麗安娜懇求南西，希望南西讓自己代替她執行任務，南西在徵求波麗小姐的同意後，立刻把這項任務讓給波麗安娜。

「我很高興可以不用去做這個工作。」事後南西私底下對波麗安娜這樣說。「不過，把這件工作丟給妳真的很不好意思，可憐的孩子，我是真的很不好意思，真的！」

「可是南西，我很喜歡做這個工作。」

「妳去過一次就不會喜歡了。」南西有些壞心地預告。

「為什麼？」

「因為沒有人喜歡做這個工作。大家要不是可憐史諾太太，沒有人會想接近她的，她就是這麼難相處。我很同情她女兒，被迫每天要照顧她。」

「不過，大家為什麼都不喜歡她，南西？」南西聳聳肩。

「簡單說，史諾太太看什麼都不順眼。連今天是星期幾這種事，她都要找麻煩。如果今天是星期一，她就會說我情願今天是星期天；如果妳拿肉凍給她，妳就會聽到她說她想吃雞肉，但如果妳真的送雞肉給她，到時一定又說她想喝的是羊肉湯！」

「哇，真是個有趣的人。」波麗安娜笑著說。「我想，我會喜歡去探望她的。她一定很出人意表，也……也很與眾不同。我喜歡與眾不同的人。」

「呵！史諾太太的確可以說是個『與眾不同的人』，我也希望妳真的會喜歡她，這樣對我們都好。」南西嚴肅又有些不安地結束了這段對話。

波麗安娜一邊想著南西的話，一邊來到了一棟簡陋小屋的門口。一想到可以見到如此「與眾不同」的史諾太太，她的眼中閃爍著好奇的光芒。

前來應門的是個面色蒼白、一臉疲憊的年輕女孩。

「妳好嗎？」波麗安娜很有禮貌地主動開口打招呼。「我是代替波麗．哈靈頓小姐來的，想來看看史諾太太，麻煩妳了。」

「如果妳說的是真的，妳將是有史以來第一個『想』來看她的人。」女孩低聲說道，但波麗安娜完全沒聽到。女孩轉身帶她來到走道盡頭的一扇門前。

女孩開門讓她進房後就把門關上了。波麗安娜進入昏暗的病房裡，眼睛一時之間無法適應，便眨了眨眼，隱約看見一個身影，一名婦人半坐半躺地倚靠在房間另一頭的床上。波麗安娜立刻上前。

「史諾太太，妳好嗎？波麗姨媽要我問候妳，並要我帶一些牛蹄凍來給妳。」

「天啊！肉凍？」婦人狀似苦惱地抱怨了起來，「妳們的好意，我當然很感激，但是我今天比較想喝羊肉湯。」

波麗安娜一臉疑惑。

「我以為別人帶給妳肉凍時，妳會說妳想吃雞肉。」

「什麼？」病床上的婦人突然轉過頭來。

「噢，沒什麼。」波麗安娜馬上道歉。「不過也沒什麼差別。只是南西說每次拿肉凍來，妳都會想要吃雞肉，拿雞肉來的時候，妳又會想喝羊肉湯。還是其實不是這樣，是南西記錯了順序。」

婦人吃力地用手撐著身體從床上坐起，這對她來可說是極為罕見的舉動。不過，波麗安娜並不知情。

「好了，無禮的小姐，妳是什麼人？」她問。波麗安娜開心地笑了出來。

「史諾太太，那不是我的名字——幸好它不是，不然這比被叫『海芙瑟芭』還慘，妳說是嗎？我的名字是波麗安娜．惠提爾，波麗．哈靈頓是我的姨媽，我搬來和姨媽住。所以，今早才會帶著肉凍來。」

婦人本來還興致盎然坐得直挺挺地聽著波麗安娜自我介紹，但當話題回到肉凍，她立刻無精打采地躺回枕頭上去了。

「好的，謝謝妳，也謝謝妳姨媽的好意，但我今早胃口不太好，而我想吃的是羊肉……」她講到這裡突然轉變話題，「我昨天晚上一整夜都沒闔眼。」

「天啊，我真希望自己也能一夜不睡。」波麗安娜嘆了口氣後，就把肉凍放在小臺子上，接著舒服地坐在床邊的椅子上。「光是睡覺這件事就浪費好多時間，妳不認為嗎？」

「妳說睡覺浪費時間！」婦人驚呼。

「沒錯，那些時間明明可以用來好好的生活。晚上只能用來睡覺真是太可惜了。」

婦人再度挺起身子坐起來。

「妳還真是個讓人驚訝的孩子！」她大呼。「來，去窗戶那裡把窗簾拉開，」她指揮著，「我倒想看看妳長什麼模樣。」

波麗安娜起身，但她的笑容有些懊惱。

「噢，這麼一來，妳就會看到我的雀斑，對不對？」她嘆氣地走向窗戶。「我還正因為房間太暗妳看不到我的雀斑而開心不已呢。來吧，現在妳可以看……哇！」當波麗安娜轉身走向床沿，她突然興奮地大叫；「我真是太開心了，要不是妳想看我，我根本沒機會看清楚妳的樣子。沒人告訴我原來妳長得這麼美！」

「我？美？」婦人不以為然地說。

「對啊，難道妳不知道嗎？」波麗安娜驚呼。

「不，我不知道。」史諾太太冷冰冰地回答。史諾太太今年四十歲，但四十年當中，有十五年的時間她都忙著挑剔每件事，期盼事情會變得不一樣，而不是接受並享受每件事物的本質。

「妳有一雙深邃的大眼睛，和一頭又黑又捲的秀髮。」波麗安娜溫柔的說。「我喜歡黑色的捲髮，這是我這輩子都不可能擁有的東西，而且妳兩側的雙頰還散發自然的紅暈。史諾太太，妳真的很美！我以為妳知道，因為妳照鏡子的時候就看得到啊。」

「鏡子！」婦人怒氣沖沖地打斷波麗安娜的話後，又躺回枕頭上。「是啊，我現在幾乎都不打扮了，如果妳像我這樣整天躺在床上，妳也不會想打扮的。」

「是啊，如果是我，我也不會打扮。」波麗安娜語帶同情地表示贊同。「不過……妳等等……不如讓我拿給妳看。」她又叫又跳地衝到五斗櫃前，拿起了一面小鏡子。

她回到床邊，並仔細地端詳眼前病榻上的婦人一番。

「如果妳不介意，我想在妳看鏡子之前幫妳整理一下頭髮。」波麗安娜提議。

「我可以幫妳整理頭髮嗎，拜託？」

「如果妳想這麼做，我……無所謂。」史諾太太有些勉強地答應了波麗安娜的要求。「不過，妳應該知道，整理好的頭髮沒多久就會亂了。」

「太好了，謝謝妳。我最愛幫人整理頭髮了。」波麗安娜開心極了，她小心地放下手中的鏡子，並拿了把梳子。「我今天只會稍做整理，不會花很長的時間，因為我迫不及待地想讓妳知道自己有多美麗。但下次，我要把它全部放下來好好梳理。」她邊說邊以手指輕柔地梳理婦人前額的劉海。

波麗安娜的動作非常迅速且熟練，全程只花了大約五分鐘的時間。她先是將婦人凌亂不堪的捲髮梳理成自然蓬鬆的樣子，再將頸部下垂的衣領摺邊立了起來，最後再把枕頭拍鬆，讓她的坐姿能自然地挺直，而不會壓壞整理好的頭髮。過程中，婦人不斷皺眉，甚至直接嘲笑每一個步驟，雖然如此，她卻開始隱約感受到一種近似興奮的不安情緒。

「好了！」波麗安娜隨手從花瓶裡取出一枝粉紅色花朵，把它插在效果最好的頭髮位置。「我想，現在應該可以讓妳看了。」她得意洋洋地把鏡子遞給史諾太太。

「哼！」婦人拿著鏡子，開始嚴格地審視自己在鏡中的樣子。「我比較喜歡桃紅色的花；不過，傍晚花就謝了，所以什麼顏色又有什麼差別。」

「但是我覺得花會凋謝，妳應該感到開心才對。」波麗安娜笑著說：「這麼一來，妳又能享受到插上另一朵花的樂趣。我真的好喜歡妳頭髮蓬鬆的樣子。」她滿意地看著婦人，「妳喜歡嗎？」

「嗯，或許吧。不過，像我這樣在枕頭上翻來覆去的，頭髮沒多久就亂了。」

「的確如此，不過這也讓我很開心，」波麗安娜笑嘻嘻地點點頭，「因為到時我又可以再整理一次。不過，我覺得妳應該要很開心自己是黑髮，因為比起我這頭金髮，黑髮跟枕頭搭配起來比較好看。」

「或許吧。但我對黑髮向來沒有好感，因為黑髮開始泛白，就很容易看得出來。」史諾太太反駁道。她的語氣雖然有些不耐，但手中始終拿著那面鏡子端詳著自己的樣子。

「噢，我好愛黑髮！如果我像妳一樣是黑髮，不知道會有多開心啊。」波麗安娜失望地嘆了一口氣。

史諾太太突然生氣地放下鏡子轉了過來。

「妳才不會，妳才不會想像我一樣！如果妳像我一樣整天都得被迫躺在這裡，妳不僅不會因為自己是黑髮而感到開心，也不會為任何事感到開心。」

波麗安娜同情地皺起了眉頭。

「這真的很難，對吧？」她不自覺地把心裡的話說了出來。

「什麼？」

「找值得開心的事。」

「每天臥病在床的情況下找到值得開心的事？我看簡直比登天還難。」史諾太太回答。「如果妳不這麼認為，那就告訴我任何一件值得開心的事。」

波麗安娜聽完，突然跳了起來還猛拍雙手，把史諾太太嚇了一大跳。

「太棒了！這難度很高對不對？不過時間不早了，我現在該走了，回家途中我會一直想一直想；也許我下次再來看妳的時候能告訴妳答案，拜拜。今天真的很開心！拜拜！」她邊喊邊踩著輕快的步伐往門口走去。

「我才不覺得開心。不過，她剛才是什麼意思？」史諾看著她離去的背影不自覺地脫口而出。不一會兒，她轉過頭來再度拿起鏡子，仔細打量著自己鏡中的影像。

「這孩子做頭髮的確有一手。」她低語。「老實說，我不知道這頭黑髮能這樣好看。不過，好看又有什麼用？」她嘆道，把鏡子放進被子裡，焦躁地翻來又覆去。

過一會兒，史諾太太的女兒蜜莉走進房裡，看到了史諾太太小心翼翼藏在被子裡的那面鏡子。

「媽，窗簾怎麼打開了！」蜜莉大喊，視線不斷在窗戶與媽媽頭上的粉紅花朵間游移來回。

「那又怎樣？」婦人打斷她。「就算我生病了，也不代表要一輩子待在黑暗的房間裡，不是嗎？」

「不，當然不是。」蜜莉趕緊安撫她，同時把手伸向藥罐。「只不過，這些年來我不斷試著說服妳把房間的光線調亮一點，妳都不願意。」

她沒有回答，只是不斷地以手指頭撥弄著睡衣的蕾絲，過了好一會，她才不悅地說：「我在想，為什麼都沒人送我新睡衣？別每次都送羊肉湯，能不能換點新花樣。」

「媽！」

也難怪蜜莉會如此驚訝與不解。她身後的抽屜裡正躺了兩件睡衣，蜜莉費盡唇舌地勸了她好幾個月，她始終不肯穿，甚至連看都不想看一眼。

九、神祕的先生

在一個下雨天，波麗安娜又遇見了那個人，儘管天空不太美麗，但是波麗安娜依舊帶著陽光般的笑容跟他打招呼。

「今天天氣不太好，是吧？」她開朗地喊道。「不過，幸好不是天天下雨。」

但是，那個人卻連哼都不哼一聲，也沒回過頭來。這讓波麗安娜覺得那個人大概是沒聽到她的聲音吧。隔天，波麗安娜又與那個人巧遇，這次，為了讓那個人確實聽見她的聲音，她決定這次要喊得再大聲點。因為，看在波麗安娜眼裡，在這個有溫暖陽光與清新空氣的早晨，他竟然還能背著手、眼睛看著地面地匆忙趕路，實在是太不可思議了。而波麗安娜自己，則是有個令她興奮不已的小任務在身呢。

「嗨，您好嗎？」她像小鳥一樣吱吱喳喳地說：「我很高興今天是個好天氣，難道您不這麼覺得嗎？」

那個人突然轉過身來，生氣的臉擠成一團。

「聽好，小女孩，讓我們一次把事情講清楚。」他怒氣沖沖地說：「我有比關心天氣還重要的事，我才不在乎今天太陽有沒有出來呢。」

波麗安娜露出燦爛的笑容。

「噢，先生，我知道您沒注意到，所以我才要跟您說啊。」

「呃？什麼？」他停下腳步，突然間聽懂了波麗安娜的意思。

「我說，這就是為什麼我要叫住您的原因啊。這樣您就會注意到，今天的燦爛陽光，還有其他美麗的事物。我想，只要您稍微停下腳步，您就會發現它們有多美，心情也會好起來……而且，您剛剛看起來也不太像是在想重要的事啊。」

「嗯……所有的事……」那個人話講一半便停住，然後比了一個奇怪的手勢，就繼續往前走了。但走沒兩步，他又停下轉過身來，眉頭深鎖。

「聽著，小女孩，妳為什麼不去跟年紀相仿的孩子說話呢？」

「先生，我也想啊，但是南西說，這附近沒有跟我年紀差不多的孩子。不過，其實我不太在意，有時候，我甚至比較喜歡跟大人相處，大概是因為以前我身邊都是婦女勸助會的義工的關係吧。」

「哼！婦女勸助會，妳把我當做她們了嗎？」那個人的嘴角隱約浮現了一絲笑容，但他硬是把這一點笑容壓抑在他嚴肅的表情下。

波麗安娜開心地笑了。

「噢，先生，當然不是。您一點也不像是婦女勸助會的義工，不過，您跟她們一樣好。或許，您還比她們更善良呢。」波麗安娜趕緊禮貌地補上一句。「而且我很確定，您是個面惡心善的好人。」

那個人咕噥一聲，喉嚨就好像突然被什麼東西卡住似的。

「嗯，所有的事……」他像之前一樣轉身大步離開，嘴裡還念念有詞。

過段時間他們倆又在路上相遇時，那個人的態度有點不太一樣了。這次，他看著波麗安娜的眼神裡帶了點揶揄，不過神情看起來比之前開心點了。

「午安。」他語氣生硬地跟波麗安娜打招呼。「我想，我最好先跟妳說，我知道今天的天氣很好。」

波麗安娜高興地點點頭，「可是您不用特別告訴我呀，今天我一看到您，我就知道您已經注意到今天的天氣很好了。」

「哦？是嗎？」

「是的，看到您的眼神跟您的微笑，我就知道啦。」

「哼！」那個人咕噥了一聲，轉身大步離開。

從那之後，那個人都會跟波麗安娜打招呼，而且通常都還是他先開口，儘管他也只是說了「午安」而已。不過有一次，南西跟波麗安娜一同外出時碰巧遇到那個人，南西親眼見到他跟波麗安娜打招呼後，驚訝得下巴都快要掉下來了。

「我的天哪，波麗安娜小姐。」她驚訝地喘著氣說：「那個人是在跟妳打招呼嗎？」

「對呀，他現在都是這樣。」波麗安娜微笑著說。

「他都是這樣！怎麼可能？妳知道他是誰嗎？」南西問道。波麗安娜皺皺眉頭，搖了搖頭。

「我想，他那天忘記告訴我了。我那天有向他自我介紹，不過他沒有跟我說他是誰。」

南西瞪大眼睛。

「他從來都不跟任何人說話的，而且已經有好多年了。不過，如果要談生意，那當然另當別論。他叫約翰．潘道頓，一個人住在潘道頓莊園的大房子裡。而且，因為他沒有雇人做飯，所以三餐都是到飯館去吃。我認識一個一直接待那個人的服務生，她叫莎莉．麥納。聽她說，那個人在餐廳裡也是一言不發，甚至也不開口點菜。所以，一開始她只好用猜的，猜他想吃什麼，不過猜久了就知道，只要是便宜的餐點，那個人都可以接受。」

波麗安娜同情地點點頭。

「我了解。沒錢的時候就只能點便宜的餐點。爸爸跟我也常在外面吃飯，我們通常都點豆子跟魚丸。我們每次都說我們有多麼喜歡豆子，特別是我們看到有人在吃烤火雞的時候，你也知道，火雞不太便宜，要六十分錢。潘道頓先生喜歡豆子嗎？」

「喜歡豆子？波麗安娜小姐，他一點也不窮呢。他父親留給他一大堆財產，鎮上最有錢的人應該就是他了，如果他想要，吃鈔票他大概就可以吃飽了吧，只是他自己不知道而已。」

波麗安娜被南西的話逗得咯咯笑個不停

「這樣講起來，好像大家肚子餓的時候都可以吃鈔票似的。」

「我的意思是，他的錢多到實在不像話。」南西聳聳肩。「可是，他一點都捨不得花，全部存起來呢。」

「噢，那些錢是要給異教徒的嗎？」波麗安娜猜。「多偉大啊！這就是放下自己的執著，選擇背起十字架的意思啊。爸爸以前跟我說過。」

南西生氣地張開嘴巴，似乎想要吐出一些不好聽的話，但是她看到波麗安娜滿臉閃著欣喜、真誠的光彩，只好又把那些話吞了回去。

「哼！」南西不置可否地哼了一聲，接著將話題轉回那個令她十分好奇的事。「話說回來，波麗安娜小姐，那個人竟然會跟妳說話，這還真是奇怪。他在這裡一向都不跟別人往來，一個人住在豪華的大房子裡。有些人說他是個瘋子，有人說他脾氣不好，還有人說他的衣櫥裡藏了一具骷髏呢。」

「噢，南西！」波麗安娜聽到骷髏嚇得發抖。「他怎麼會把這麼恐怖的東西放在家裡呢？他應該把它丟掉才對。」

南西暗自竊笑，因為波麗安娜以為那個人真的放了具骷髏在家中衣櫃裡，其實這句話是意指那個人有「不可告人的祕密」。不過，南西沒有去糾正波麗安娜。

「而且，每一個人都說他很神祕。」南西繼續說。「有好幾年，他都是一個人去旅行，一去就是好幾個星期，而且他都專挑些不同信仰的國家，像是埃及、亞洲，還有撒哈拉沙漠。」

「噢，原來他是傳教士啊。」波麗安娜好像理解似地點點頭。南西感到奇怪地笑了笑。

「算了，當我沒說這些。總之，他回來後就開始寫書，聽人家說，內容都很奇怪。都是在講他在那些國家所搜集的一些小玩意的事。不過，在這裡，他可能不會花錢買小玩意吧，除了日常生活開銷之外，他幾乎不花錢。」

「如果他想把錢捐給那些異教徒，當然就不會亂花錢囉。」波麗安娜說。「不過，他真的很有趣，也很有個性，就像史諾太太一樣。不過，那個人可能比史諾太太更特別點。」

「是啊，他真是太特別了。」南西暗自竊笑。

波麗安娜則是心滿意足地吁了一口氣：「無論如何，至少那個人有主動跟我打招呼，所以今天我特別開心呢。」

十、史諾太太的驚喜

波麗安娜再次探訪史諾太太時，她發現這名婦人又和前次一樣，把自己的房間弄得暗不見天日。

「媽，波麗小姐家的小女孩來看妳了。」蜜莉有氣無力地通報完後，只留下波麗安娜與病床上的史諾太太便離開了。

「喔，是妳啊？」床上傳來悶悶不樂的聲音。「我記得妳。不過，我想每個見過妳的人應該都會記得妳吧。我情願妳是昨天來，而不是今天來。我是昨天想見妳，而不是今天。」

「真的嗎？我太高興了，因為今天和昨天只差了一天。」波麗安娜笑嘻嘻地走進房間，把提籃小心地放在一張椅子上。「天啊！這裡是不是太暗了？我幾乎快看不見妳了。」她大聲說著，並立刻穿過房間走到窗邊把窗簾拉開。「我想看看妳有沒有像我上次那樣好好地梳理頭髮喔，沒有啊！不過，沒關係；我很高興妳沒有，因為也許妳待會兒會想讓我幫妳整理頭髮。但現在，我要讓妳看看我帶了什麼給妳。」婦人有些不耐地稍稍移動了身體。

「無論看起來是什麼樣子，吃起來還不是都一樣。」她雖然抱怨著，但還是忍不住看向提籃。「好吧，裡面有什麼？」

「猜猜看，妳今天想吃什麼？」波麗安娜雀躍地走到提籃放置處。她眼神發亮。病床上的婦人則皺起了眉頭。

「幹嘛猜！我沒有想吃的東西。」她嘆了一口氣。「這些東西吃起來都差不多。」

波麗安娜偷偷笑了一下。

「這次不一樣。快猜！如果妳真的有想吃的東西，這樣東西會是什麼？」

婦人遲疑了一下。她自己從未意識到，長久以來，她總是習慣要求一些自己沒有的東西，現在突然問她真正想要的東西，她反而說不出來除非她知道自己有什麼。但顯而易見地，她現在必須說點什麼，這個奇怪的孩子正在等著她的答案。

「喔，當然，羊肉湯……」

「我帶來了！」波麗安娜開心地歡呼。

「……是我不要的。」婦人鬆了口氣，現在她終於知道自己想吃什麼。「我想吃的是雞肉。」

「噢，我也準備了。」波麗安娜在心裡偷笑。婦人一臉驚訝。

「妳都準備了？」她問

「是的，還有牛蹄凍。」波麗安娜一副得意洋洋的樣子。「我只是覺得至少一次，一定要讓妳吃到想吃的東西。所以，南西和我就想辦法做了些調整。雖然每一樣都只有一點點，不過每一樣我都準備了。我真開心妳選了雞肉。」她一邊從提籃裡拿出三個小碗，一邊心滿意足地說著。「我來這裡的路上一直在想，如果妳說要吃牛肚、洋蔥，或其他我沒有準備的東西該怎麼辦？我這麼努力，要是沒成功不是太可惜了嗎？」她開心地笑著。

史諾太太沒有回話，她似乎正在努力思考自己失去了些什麼。

「來，我把帶來的東西都放在這裡。」波麗安娜把三個碗放到桌上排成一列。

「妳明天如果想要吃羊肉湯，應該也夠妳吃了。妳今天好嗎？」她最後禮貌地詢問。

「很糟，謝謝妳。」史諾太太小聲地抱怨完後，整個人回到平常無精打采的樣子。「我今天早上才剛想小睡片刻，隔壁的妮莉·哈金斯就開始彈琴了，她彈了一早上，我都快被她的練琴聲給逼瘋了。我敢肯定，她一分鐘也沒停過，我實在是不知道該怎麼辦才好。」

波麗安娜同情地點點頭。

「我了解。這真的很慘，婦女勸助會的懷特太太也有過同樣的經驗。她那時還患有風濕熱，所以沒辦法大範圍的活動。她說，如果可以動就不會這麼難受了。妳可以嗎？」

「我可以……什麼？」

「像是移動那樣做一些大範圍的活動，就是當音樂大聲到難以忍受時，妳可以移動到別的地方。」

史諾太太盯著她看了一會兒。

「我當然可以移動啊，我愛怎麼移就怎麼移，只要不離開床就行了。」她有些生氣地說。

「這剛好可以當成妳值得開心的事，不是嗎？」波麗安娜點點頭。「懷特太太就沒辦法。懷特太太說得了風濕熱就沒辦法大範圍的活動，就算妳再想做也沒用。後來她又告訴我，要不是懷特先生妹妹的耳朵聽不見，她大概早就瘋了。」

「妹妹的……耳朵！妳在說什麼？」

波麗安娜笑了笑。

「好吧，我想是我沒把故事交代清楚，我忘了妳不認識懷特太太。我剛才說了，懷特小姐的耳朵聽不見是吧。她前陣子去懷特先生家小住，幫他照顧懷特太太和打理他們的房子。但是，每次只要懷特夫婦有事要交代，他們都要花很多時間才能讓懷特小姐明白他們的意思。不過，自從懷特小姐搬去住之後，每次對街傳來鋼琴聲，懷特太太就會為自己聽得到聲音而感到開心，就算琴聲真的很吵，她也不那麼介意了。因為，她總是不由自主想到，若自己像先生的妹妹一樣失聰，什麼都聽不見，會有多慘。妳看，她當時就是在玩那個遊戲。我以前曾教過她怎麼玩。」

「那個……遊戲？」

波麗安娜彷彿想起什麼似地拍了一下手。

「啊！我差點忘了，史諾太太，我有幫妳想到一件值得開心的事。」

「值得開心的事？我不懂妳的意思？」

「我跟妳說過我會幫妳找出值得開心的事，妳不記得了嗎？妳要我幫妳找一件就算妳得被迫整天躺在床上，但還能覺得開心的事。」

「喔，」婦人一副不以為然的口氣，「那件事啊。我記得，但我沒想到妳會比我還著急。」

「沒錯，我是比妳還著急。」波麗安娜得意地點點頭。「而且，我也找到了喔。雖然真的很難，但難度越高越好玩，屢試不爽。但我必須老實說，我想了好久，完全想不到任何事。但突然間靈光一閃，我就想到了。」

「妳真的想到了?那麼，妳想到的是什麼呢？」史諾太太貌似有禮卻語帶挖苦。

波麗安娜深吸了一口氣。

「我想到妳最值得開心的事，就是別人不能像妳一樣整天躺在床上。」她煞有其事地宣布，史諾太太則是生氣地瞪大了眼睛。

「喔，這樣啊！」她頗不以為然地說。

「現在讓我來告訴妳這個遊戲的玩法。」波麗安娜自信滿滿地向史諾太太推薦。「這個遊戲非常適合妳，因為妳的情況會提高遊戲的難度。但這個遊戲是難度越高越好玩，玩法差不多就像這樣。」於是，她把想要從捐獻物資中拿到娃娃卻送來枴杖的故事告訴史諾太太。

故事一講完，蜜莉便出現在門口。

「波麗安娜小姐，妳姨媽在找妳了。」她還是一副陰鬱又無精打采的樣子。「她剛打電話到對面的哈洛家，她說要妳快點回家，並在天黑之前練完鋼琴。」

波麗安娜心不甘情不願地起身。

「好啦，」她嘆道，「我會趕快回家。」但不知怎麼的，她卻突然笑了起來。

「我想，我應該要覺得開心，至少我還有腳可以趕快回家，是不是啊，史諾太太？」史諾太太閉著眼睛沒有回答，但蜜莉卻是驚訝地瞪大了雙眼，因為她在媽媽蒼白的臉龐，看到了緩緩落下的淚水。

「拜拜！」波麗安娜走到門口時回頭道別。「很抱歉，本來要幫妳做頭髮也來不及做了，但下次吧！」

七月就這麼一天天地過去了，對波麗安娜來說，每天都是快樂時光。她常常滿心歡喜地告訴姨媽這些日子她有多快樂，但姨媽卻總是不耐煩地回答：

「很好，波麗安娜。妳能過得這麼快樂，我當然感到很欣慰；但我希望妳除了覺得快樂之外，也應該要有所收穫，否則就是我的失職。」

波麗安娜每每聽到姨媽這樣說，通常都會以擁抱或親吻這類讓波麗小姐尷尬不已的舉動做為回應，但有一次上縫紉課時，波麗安娜卻一反常態地說：

「您的意思是，光是快樂不夠嗎？波麗姨媽，不應該只是快樂嗎？」她難過地問道。

「我想說的就是這個意思，波麗安娜。」

「一定要有收穫嗎？」

「當然。」

「什麼是有收穫？」

「有收穫就是……獲得某些東西，能展現給別人看的東西，波麗安娜，妳真是個奇怪的孩子。」

「很開心難道不算是收穫嗎？」波麗安娜不安地問。

「當然不算。」

「天啊！那您一定不會喜歡的。波麗姨媽，我想您大概永遠都不會想玩這個遊戲。」

「遊戲？什麼遊戲？」

「就是爸爸……」波麗安娜立刻摀住自己的嘴。

「沒……沒事……」她吞吞吐吐地說，波麗小姐不解地皺起了眉頭。

「今天早上就到此為止，波麗安娜。」她一句話結束了今天的縫紉課。

正午時分，在閣樓小房間的波麗安娜正打算下樓時，在樓梯間遇見了波麗姨媽。

「波麗姨媽，真是太好了，」她大聲說，「您特地上來看我！快請進，我最喜歡有人做伴了。」她說完，隨即又蹦又跳地跑上樓開房門歡迎。

波麗小姐一開始並沒有打算去看她的外甥女，她其實是要去東側窗戶附近的杉木箱子裡，找一件白色的羊毛披肩。但她現在卻坐在波麗安娜房間的椅子上，這點連她自己都很訝異自從波麗安娜來到這裡，波麗小姐已經不知道有多少次發現自己正在做一些意想不到、甚至是出人意表的事，這不是她一開始的計畫。

「我最喜歡有人做伴。」波麗安娜又說了一次，並在房裡忙進忙出，彷彿是在皇宮迎賓一般。「尤其是自從我有了這個房間，一個專屬於我的房間。當然，我以前也有房間，但那都是租的房子，租的房子怎麼也沒有自己的好，一半都沒有，您說是吧？而這間當然應該算是我的房間吧？」

「算……是吧，波麗安娜。」波麗小姐低語的同時，心中隱約浮現一個疑問，為什麼她不立刻起身走人去找那條披肩。

「當然，現在我好愛這間房間，雖然房裡沒有我當初一直想要的地毯、窗簾，以及畫作……」波麗安娜發現自己講錯話立刻住嘴。因尷尬而滿臉通紅的她，試著轉移話題，但姨媽毫不留情地打斷她。

「妳剛才說什麼，波麗安娜？」

「沒……沒有，波麗姨媽，真的沒有。我不是那個意思。」

「妳或許不是那個意思，」波麗小姐冷酷地說：「但妳的確說出來了，不如把話說完。」

「但其實真的沒什麼，我只是幻想會有漂亮的地毯和有蕾絲的窗簾之類的東西，但當然……」

「幻想會有！」波麗小姐再次無情地打斷她。

紅著臉的波麗安娜感到手足無措，不知如何是好。

「波麗姨媽，我不應該有那樣的想法。」波麗安娜向姨媽道歉。「我想，可能是因為那些都是我一直想要，但卻從來不曾擁有過的東西。我們曾在捐獻物資中拿到過兩張地毯，但兩張都很小，其中一張有墨水滴在上面的痕跡，另一張還有幾個破洞；捐獻物資裡也只出現過兩幅畫，其中一幅，爸爸……我是說狀態較好的那幅畫我們賣掉了，狀態比較不好的那幅畫也破了。要是沒有這些經歷，我可能不會想要那些東西，我是指那些……漂亮的東西；我也不應該在第一天到這裡，看到走廊上那些漂亮的東西，就幻想自己能擁有那些東西。而……而且，波麗姨媽，整個幻想過程只有一分鐘……我是說，幾分鐘的時間，當我一看到五斗櫃沒有鏡子，我就因為看不到自己的雀斑太開心，而把整件事都忘光光了；而且畫作再美，也比不上從那扇窗看出去的風景美，再加上您又對我這麼好……」

波麗小姐的臉突然紅了起來，她迅速起身。

「夠了，波麗安娜。」她有些不自在地說著。

「我想妳說的夠多了。」她說完隨即下樓，但直到下到一樓，她才突然想起，她本來上樓是打算去東側窗邊的杉木箱裡找那件白色的羊毛披肩。

之後不到一天時間，波麗小姐便直接吩咐南西：「南西，妳今天早上去把波麗安娜小姐的東西搬到正下方的那間房間裡，我決定現在暫時讓我的外甥女去睡那間房間。」

「是的，小姐。」南西大聲地說。

「噢，我的老天爺！」南西在心底呼喊。

一分鐘後，她欣喜若狂地告訴波麗安娜：「妳快聽我說，波麗安娜小姐。妳要搬到正下方的房間去了。真的！是真的！」

波麗安娜不敢置信。

「妳是說……南西，這不可能是真的吧……真的？妳沒騙我？」

「我就知道妳不會相信。」樂不可支的南西手上抱著剛從衣櫃拿出來的衣服，一邊得意洋洋地告訴波麗安娜自己如何準確地預測到她會有何反應。「小姐吩咐我把妳的東西搬下去，我現在趕快去搬，以免她又改變主意。」

波麗安娜沒來得及聽完南西的話，立刻冒著可能跌得四腳朝天的危險，三步併作兩步地飛奔下樓。

在甩了兩扇門，撞倒了一張椅子後，波麗安娜終於找到了她想見的波麗姨媽。

「波麗姨媽，波麗姨媽，您是說真的嗎？那間房間應有盡有有地毯、窗簾，還有三幅畫，而且窗外的風景跟樓上看到的完全一樣。噢，波麗姨媽！」

「好了，波麗安娜。我很開心妳喜歡這樣的安排，我相信若妳真的這麼想要這些東西，妳應該會好好愛護它們才是，僅此而已。波麗安娜，去把椅子扶起來。還有，妳知不知道妳剛剛在不到半分鐘的時間裡，甩了兩扇門。」波麗小姐口氣相當嚴厲，之所以如此嚴厲，是因為不知為何她竟然有種想哭的衝動，而這對波麗小姐來說，是種不太尋常的感覺。

波麗安娜把椅子扶了起來。

「是的，姨媽，我知道我甩了那兩扇門。」她開心地承認。「因為我剛聽到換房間的事，我想您如果碰到類似的事，或許您也會……」波麗安娜沒再說下去，反而用好奇的眼光看著姨媽。「波麗姨媽，您有甩門的經驗嗎？」

「當然沒有，波麗安娜。」波麗小姐非常震驚。

「真是太可惜了，波麗姨媽。」波麗安娜一臉同情的樣子。

「可惜！」波麗姨媽聽到這話，氣得說不出任何話來。

「您看嘛，如果您甩過門，當然是因為有想甩門的衝動；但如果沒有，就表示您從未因為任何事開心到想甩門。我很同情您從未有過這樣的感覺。」

「波麗安娜！」這位女士大喊，但波麗安娜已經不見蹤影，回應她的只有閣樓樓梯間的甩門聲。波麗安娜已迫不及待跑去幫忙南西處理「她的東西」了。

被留在起居室的波麗小姐，內心隱約有些焦躁不安。不過話說回來，她當然曾經有過開心的感覺。

十一、幫吉米找新家

八月到了，也為哈靈頓莊園帶來了一些新奇與改變。不過，對南西而言，這些都不算什麼。因為，自從波麗安娜搬來之後，哈靈頓家每天都有許多驚喜與變化。

小貓咪就是波麗安娜帶來的第一個驚喜。

這隻小貓是波麗安娜在離家不遠的小路上發現的，當時牠正悽慘地喵喵叫。波麗安娜抱著小貓，挨家挨戶詢問是否有願意收養的鄰居，在發現大家都不能收留小貓之後，波麗安娜理所當然地就把牠帶回家了。

「我其實很開心大家都沒辦法收留小貓呢。」她興高采烈地告訴波麗姨媽。「因為，我好想把牠帶回家，而且我知道您一定會讓牠住下來的。」

波麗小姐瞧著那隻瑟縮在波麗安娜臂彎裡的小灰貓，牠看起來是那麼地無助。但是，波麗小姐卻渾身發抖，覺得全身都不對勁。她對貓從來不感興趣，就算是一隻漂亮、健康，又乾淨的貓也不例外。

「天啊，波麗安娜，那隻是什麼骯髒的小動物啊！牠身上可能有病，我敢說，一定長滿了癩疥跟跳蚤。」

「我知道，這個可憐的小東西。」波麗安娜一邊輕聲地說，一邊用溫柔的眼神望著小貓那雙惶恐的眼睛。「牠好害怕，一直在發抖呢。您看，我想牠還不知道我們會把牠留下來。」

「不，而且其他人也不會這樣想。」波麗小姐說。畢竟，這麼髒的小貓，怎麼會有人想要收留呢？

但是，波麗安娜完全誤會了她姨媽的意思了。「噢，不是的，他們都覺得您會收留小貓。」波麗安娜回答，「我告訴大家，如果我沒幫小貓找到適合的新家，我們就會收留牠。我想您一定會欣然答應這件事的，這個小東西太可憐了。」

波麗小姐張嘴試圖想說些什麼，但最後卻什麼也講不出來。自從波麗安娜來了之後，波麗小姐就常常覺得很無力，此時那種奇特的無力感又緊緊地抓住了她。

「當然，我明白。」波麗安娜感激地接著說：「福特太太剛剛問我，您是否會同意收留小貓時，我跟她說，您一定不會讓這個可憐的小東西在外面流浪的，因為您就收留了我啊。而且，我以前有婦女勸助會的人照顧，可是這隻小貓卻無依無靠，我想，您一定也是這樣想的。」波麗安娜點著頭說完這串話後，就蹦蹦跳跳地跑出了房間。

「等等，波麗安娜，波麗安娜！」波麗小姐抗議地喊著：「我還沒說……」但是波麗安娜已經快跑到廚房了，她邊跑邊嚷著：「南西，南西，快來看看這隻小貓咪，波麗姨媽要跟我一起養牠喔。」客廳裡，討厭貓的波麗小姐長嘆了一口氣後，跌坐回椅子上，現在她已經沒有力氣反對了。

第二天，哈靈頓家來了一隻小狗，比前一天的小貓還要髒，看起來就是完全不會有人想要收留的樣子。波麗安娜對所有鄰居說，她的姨媽是位充滿愛心、願意收養、保護動物的天使。但事實上這兩天所發生的事，已經完全讓波麗小姐瞠目結舌。她不僅討厭貓也討厭狗，但是她發現，自己根本無力反抗波麗安娜硬為她加上的形象。

過幾天後，波麗安娜又帶回一個衣衫襤褸的瘦弱小男孩。她還對小男孩保證，她的波麗姨媽一定會好心地照顧他。這次，波麗小姐終於說話了。事情是這樣的。

一個明媚的星期四早晨，波麗安娜提著牛蹄凍，要拿去給史諾太太。波麗安娜去第三次的時候，她們倆終於成了朋友，現在，兩人的關係還很不錯呢。波麗安娜還跟史諾太太介紹了「開心遊戲」，現在史諾太太也在玩這個遊戲，不過技巧還很生疏就是了。因為，她之前對很多事情都十分不滿，現在要在所有事情中找到快樂，並不是一件那麼容易的事。不過，在波麗安娜的帶領下，再加上她充滿活力的笑聲，史諾太太進步得很快。今天，史諾太太說她非常開心，因為她才正想吃牛蹄凍，波麗安娜就送來了。

這讓波麗安娜覺得很驚喜，因為她剛剛在史諾太太的門口遇到蜜莉時，蜜莉告訴她，剛剛牧師太太才送來一大碗的牛蹄凍。所以，事實上史諾太太已經不需要波麗安娜的牛蹄凍了。

正當波麗安娜還在思考這件事時，一個男孩突然映入她的眼簾。這個男孩悶悶不樂地坐在路邊，手裡有一搭沒一搭地削著木棍。

「哈囉！」波麗安娜對他露出燦爛的微笑。男孩看了她一眼，就馬上把目光移開。

「跟妳自己說就好。」他咕噥了一句。波麗安娜不介意地笑了起來。

「看樣子，如果現在有一碗牛蹄凍出現在你面前，你也高興不起來。」她笑著邊說邊走到他面前。

男孩開始坐立不安，他詫異地看了波麗安娜一眼，又立刻低頭用那把又鈍又舊的刀子削木棍。

波麗安娜遲疑了一下，接著一骨碌地坐到他旁邊的草地上。儘管她常堅強地說，自己很喜歡跟婦女勸助會的義工待在一起，不過，她還是常常因為沒有年齡相近的玩伴而期盼著。所以，這次，她決定要好好把握機會，多認識這個男孩。

「我叫波麗安娜．惠提爾。」她輕快地說：「你叫什麼名字？」

男孩又侷促了起來，差點拔腿就跑，不過他最後還是待在原地沒動。

「吉米．賓恩。」他語音模糊地回答。

「好，現在我們都自我介紹完了。我很高興你說了自己的名字，有些人總是不愛說他們到底是誰。總之，我住在波麗．哈靈頓小姐的房子裡。你呢？你住在哪裡？」

「沒住在哪裡。」

「沒住在哪裡？怎麼可能！每個人都會住在一個固定的地方啊。」波麗安娜肯定地說。

「我……現在沒有，不過我正在找地方住。」

「噢，在哪裡呢？」

男孩輕蔑地看了她一眼。

「笨蛋！如果我知道，我還需要找嗎？」

波麗安娜微微地搖了搖頭。因為男孩說的話，讓他感覺起來像個壞孩子，而且她不喜歡別人叫她笨蛋。不過，對波麗安娜來說，他畢竟是個跟她年紀相仿的孩子，跟其他人可不一樣。

「你以前住在哪裡呢？」她好奇地繼續追問。

「好了，妳可不可以不要一直問我問題！」男孩不耐煩地說。

「我得這樣啊，」波麗安娜心平氣和地說：「不然，我就沒辦法更認識你了。如果你多說一點，那我就少講一點。」

男孩尷尬地笑了一下，似乎不太情願。不過，他再開口時，心情看上去比之前好了點。

「好吧，我說。我叫吉米．賓恩，今年十歲，不過很快就滿十一歲了。去年，我住進了孤兒院，可是那裡的孩子太多，根本就沒有我的位置，我覺得我再也受不了了，所以就偷偷溜了出來，想找個地方住，不過現在還沒找到。我希望能夠找到一個像家的地方，平平凡凡的那種，而家裡頭應該有媽媽，而不是舍監。爸爸過世之後，我就沒有家人了。我想，只要找到另一個家，我就又可以有家人了。我現在還在找我的新家，我去問過四個家庭，即使我說我可以工作，他們還是都拒絕我。好了，我說完了。這些是妳想知道的嗎？」男孩有些顫抖地說完最後兩句話。

「天哪，好可憐喔！」波麗安娜萬分同情地說，「難道都沒有人想要收留你嗎？

噢，老天！我懂你的感受，因為在爸爸過世之後，我也只有婦女勸助會的義工陪我而已，直到波麗姨媽說她願意……」波麗安娜突然打住，臉上的表情顯示她想到了一個好主意。

「噢，我知道有個地方適合你。」她大喊，「波麗姨媽會收留你的，我知道她會。你瞧，她不就收留我了嗎？而且在小毛跟小黃無家可歸、沒有人疼愛時，她不是也收留了牠們嗎？噢，忘了跟你說，小毛跟小黃是貓跟狗。來吧，我知道波麗姨媽會收留你的。你不知道她有多麼善良、多麼仁慈！」

吉米．賓恩瘦瘦的小臉散發出光彩。

「真的嗎？現在她還願意收留我嗎？我可以工作，我的身體很好。」他秀出一隻瘦瘦的手臂給波麗安娜看。

「當然，沒問題！在我的媽媽到天堂當天使以後，波麗姨媽就是世界上最好的人了，而且她家的房間多到數不清。」她拉著小男孩的手臂，一路上蹦蹦跳跳、喋喋不休。「房子大的不得了，雖然也許……」她一邊匆匆往前走，一邊說道：「也許一開始你得睡在閣樓裡。不過，紗窗已經裝好了，可以把窗戶打開，這樣就不會太熱了，蒼蠅也不會帶著腳上的細菌飛進來。你知道蒼蠅腳上有很多細菌嗎？真是太不可思議了。也許，如果你乖的話，我是說，如果你不乖的話，波麗姨媽就會讓你讀那本小冊子，而且你也有雀斑……」波麗安娜仔細看了一下吉米的臉，「這樣你也會很高興你的房間沒有鏡子。而且，窗外的風景美得就像是一幅畫，甚至比畫還好看。所以，我敢說，你一定不會介意睡在閣樓裡的。」波麗安娜上氣不接下氣，氣喘吁吁，突然覺得，或許現在她應該停止說話，好好喘口氣，休息一下。

「天哪！」吉米歡呼。雖然他聽得不是很明白，但卻對波麗安娜十分佩服。「我簡直無法想像有人可以像妳一樣，說話不用換氣，連讓別人問問題的空隙都找不到。」

波麗安娜大笑。

「不管怎麼說，這件事都值得你開心啊。」她回答，「如果我一直講不停，你就不用開口啦。」

到家以後，波麗安娜不管三七二十一，就把她的朋友直接帶到目瞪口呆的姨媽面前。

「噢，波麗姨媽，」她一臉得意地說：「快看，我給您帶了比小毛跟小黃更好的東西回來啦！是個活生生的男孩喔！他不會介意一開始睡在閣樓裡，而且他還說他可以工作，不過我希望，大部分的時間他可以陪我玩。」

波麗小姐氣得臉一陣青一陣紅。雖然她沒有聽懂波麗安娜的連珠砲，但是她大概知道波麗安娜的意思。

「波麗安娜，妳這是什麼意思？這個全身髒兮兮的小男孩是誰？妳在哪裡遇到他的？」她厲聲問道。

這個波麗小姐口中「髒兮兮的小男孩」往後退了一步，看著大門，而波麗安娜則是笑容燦爛。

「是這樣的，我忘了告訴您他的名字。您瞧，我跟那個人一樣，常常都忘了介紹名字。您看，這個男孩渾身髒兮兮的，跟小毛、小黃剛到我們這裡時一樣。不過，我保證，只要洗過澡之後，他就會變得跟小毛、小黃一樣乾淨了。噢，我差點又忘了說，」她笑著停了一下，接著說：「波麗姨媽，我跟您介紹一下，這位是吉米．賓恩。」

「那，他來這裡做什麼？」

「嘿，波麗姨媽，我剛剛不是跟您說了嗎？」波麗安娜的眼睛詫異得睜大，「是帶來給您的啊！我帶他回來，他就可以住在這裡了。您知道的，他很想要有一個家，還有家人。我告訴他，您對我、小黃跟小毛，是多麼地善良跟仁慈，我知道您一定會接受他，並且對他好的，因為他可比小貓跟小狗有用多了。」

波麗小姐整個人跌坐在椅子上，用顫抖的手摀著喉嚨。那股熟悉的無助感此時像洪水般淹沒了她，她勉強動了一下，讓自己的身子坐直。

「夠了，波麗安娜。這是妳做過最荒唐的事了。好像妳覺得野貓跟流浪狗還不夠似的。現在，妳又從街上給我撿回了一個骯髒的小乞丐，他……」

男孩一下子激動了起來，他邁步走到波麗小姐面前，毫不畏懼地看著她，倔強地抬起下巴，眼底閃著怒火。

「我不是乞丐，女士，而且我也不想要您的任何東西，我是來這邊找工作養活我自己的。要不是這個女孩跟我說，您是多麼地仁慈、多麼地善良，而且一定會收留我，我壓根兒就不會到這裡來。就是這樣，我說完了！」男孩說完就轉身，帶著跟他不太相稱的尊嚴大步離去。其實，要不是他現在的處境如此悲憐，他的尊嚴還真會顯得有點可笑。

「噢，波麗姨媽，」波麗安娜哽咽地說：「為什麼呢？我以為您會很高興地收留他，我真的以為您一定會很高興……」

波麗小姐舉起手，制止波麗安娜繼續說下去。最近這幾件事連續下來，波麗小姐終於受不了了。剛剛男孩所說的話「我以為您很善良、很仁慈」，還在她的耳邊嗡嗡迴響，她知道，那股熟悉的無力感又快要把她淹沒了。她冷靜下來，努力集中她僅剩的精神。

「波麗安娜，」她大吼，「每天從早到晚，妳都『開心』、『開心』、『開心』地說個不停，到底有完沒完？我快要瘋了！」

波麗安娜嚇得嘴巴張得大大的，整個人愣在那邊。

她怯生生地說：「為什麼呢？波麗姨媽，我以為如果您看到我開心，您也會開心……噢！」波麗安娜頓了頓，用手摀住嘴，轉身跌跌撞撞地跑出了房間。

她緊追在那個男孩身後，在男孩即將走出馬車出入通道時，波麗安娜終於追上了他。

「喂！喂！吉米．賓恩。我跟你說，我真的很抱歉。」她喘著氣，一把抓住他的手。

「沒關係，我沒有怪妳。」男孩繃著臉回答，突然又有些激動說：「可是，我絕對不是乞丐。」

「你當然不是，但是也請你不要責怪我的姨媽。」波麗安娜懇求，「也許是我沒有把你介紹清楚，沒有說清楚你是什麼人。她真的很善良也很仁慈，真的。可能真的是我沒有解釋清楚，我真的好希望能夠幫你找到一個地方住。」

男孩聳了聳肩，便想轉身離開。「沒關係，我會自己找到的，我又不是乞丐，妳知道的。」

波麗安娜皺著眉思考。突然，她轉過身，兩眼發光。

「嘿！我跟你說，如果我是你，我會怎麼做。我聽波麗姨媽說，今天下午婦女勸助會有個聚會，我會把你的事告訴她們。每次爸爸想要做什麼事時，他總是這麼做，例如要感化沒有信仰的人，或是想要個新地毯。」

男孩怒氣沖沖地轉過身。

「我可不是沒有信仰的人，也不是新地毯，而且婦女勸助會是什麼東西？」波麗安娜不敢置信地看著他。

「什麼？吉米·賓恩，你究竟是在哪裡長大的啊？竟然不知道什麼是婦女勸助會！」

「算了，要是妳不想講的話也沒關係。」男孩咕噥著，轉身又想離開。波麗安娜一下子跳到他的身邊。

「婦女勸助會就是有好多女人會聚在一起縫紉、做飯、募款，或是聊天的聚會。在我家鄉的婦女勸助會就是這個樣子，雖然我還沒有去過這裡的婦女勸助會，不過我向你保證，她們人都很好。今天下午，我就去和她們說說關於你的事。」

男孩再一次生氣地轉過身來。

「不用妳操心了！或是妳覺得，一個人叫我乞丐還不夠，難道妳覺得，我還會希望站在一群女人面前，聽她們這樣叫我嗎？當然不會！」

「噢，這次我會解釋的清楚一點。」波麗安娜急忙說：「當然，我會自己去跟她們說。」

「妳會去跟她們說？」

「是的，這次我會說的好一點。」波麗安娜急忙保證，男孩原本緊繃的臉稍微放鬆了一點。「我想，她們之中，一定有人願意給你一個家的。」

「別忘了跟她們說我可以工作。」男孩提醒她。

「當然不會忘記。」波麗安娜高高興興地答應，她終於說服這個男孩了。「我明天告訴你結果怎麼樣。」

「我們明天在哪裡碰面？」

「路邊，史諾太太家附近，我今天遇到你的地方。」

「好的，我會去。」男孩頓了一下，慢吞吞地說：「我想，今天我最好還是先回去孤兒院……過夜，因為我也沒有其他地方可以去。今天早上，我偷偷溜了出來，我沒告訴他們我不回去了，或是他們真的認為我不會回去了……雖然有時候，我不認為他們會在乎我是否出現。妳知道的，他們不是我的家人，他們不會關心的。」

「我知道。」波麗安娜善解人意地點點頭，「不過我保證，明天我們見面時，你就會有一個平平凡凡的家，還有在乎你的家人。再見！」她樂觀地說完，轉身跑回哈靈頓家。

此時此刻，波麗小姐就站在客廳的窗戶旁，從遠處觀察這兩個孩子。她神情擔憂地注視著那個男孩，直到他轉身離去從她的視線裡消失，她才嘆了口氣，轉過身無精打采地往樓上走去。其實，波麗小姐很少這樣無精打采，只是，男孩所說的話一直在她的腦中迴響，他看她的眼神中還帶點輕蔑：「我以為您很善良、很仁慈」。她心底升起一股淒涼的感覺，就像遺失了什麼重要東西似的。

十二、婦女勸助會

婦女勸助會開會當天，哈靈頓莊園的午餐顯得異常安靜。波麗安娜的確試著想多說話，但卻老是以失敗告終，主要原因在於她會不自覺地在話題中提到「開心」兩字，而只要提到這兩個字，她又會臉紅尷尬到說不出話來。終於，等到第五次的時候，波麗姨媽受不了地搖了搖頭。

「孩子，如果妳想說，就說吧。」她嘆了口氣，「我情願妳說，也不想看妳把氣氛搞成這樣。」

波麗安娜深鎖的眉頭立刻豁然開朗。

「噢，太好了。我覺得要忍住不說這兩個字實在太難了，畢竟都玩了好久。」

「妳玩什麼？」波麗姨媽追問。

「玩那個遊戲啊，您知道嗎？爸爸……」波麗安娜立刻閉上嘴，臉脹紅的她發現自己又踩到姨媽的地雷。

波麗姨媽不悅地蹙起眉頭一句話也沒說。於是，午餐的氣氛又回到之前安靜無聲的狀態。

稍晚波麗安娜無意間聽到波麗姨媽在電話中，告訴牧師妻子她因為頭痛而無法出席會議時，波麗安娜竟然一點也不擔心。不過，當姨媽回房時，她還是試圖為姨媽頭痛不舒服感到難過，但姨媽的缺席還是讓她打從心底高興，因為這次的會議，她打算向婦女勸助會的人提吉米·賓恩的事。畢竟，波麗姨媽曾叫吉米小乞丐過，她可不希望婦女勸助會的人聽到姨媽這麼叫他。

波麗安娜知道婦女勸助會的人兩點鐘會在教堂旁的小禮拜堂開會，這個地方離哈靈頓莊園大約只有不到半英里遠的距離，因此她計畫在接近三點時到達會場。

「這樣就能確保不會有人因為遲到而錯過吉米的事。」她自言自語地說著：「因為遲到的人之中，可能有人會想給吉米·賓恩一個家；況且對婦女勸助會的人來說，兩點的聚會通常是三點到的意思，真的，對婦女勸助會的人來說真的是如此。」

波麗安娜帶著自信與勇氣，鎮定地走上了小禮拜堂的階梯，推開大門進入前廳，傳入耳中的是一陣輕柔的嘈雜聲，原來是從主廳傳來的女性低語談笑聲。波麗安娜只猶豫了一會兒便推開內門。

眾人因波麗安娜毫無預警的出現，頓時停止交談，現場陷入一片靜默。波麗安娜緊張地向前走去。在這關鍵時刻，波麗安娜突然害羞了起來。不過也難怪，畢竟這些平生不熟的臉孔，可不是她從小相處到大的婦女勸助會成員。

「婦女勸助會的各位，妳們好嗎？」她態度有禮卻因為緊張而有些結巴。「我是波麗安娜．惠提爾，我……我想妳們之中，可能有些人認識我；不過沒關係，我認識妳們只不過不是每位都認識，也不是在這樣的場合認識的。」

每個人似乎都感受到這異常安靜的氣氛。現場幾乎所有的人都聽過婦女勸助會中的某個成員，有個個性相當奇特的外甥女，其中甚至有些人是真的認識波麗安娜；但碰到這樣的情況，沒人知道該說些什麼。

「我……來這裡……是因為有一件事想請妳們幫忙。」波麗安娜一開始雖然有些結巴，但沒多久，她就開始不自覺地使用起父親慣用的措詞。

現場開始響起一片窸窸窣窣的交談聲。

「親愛的，是妳姨媽叫妳來的嗎？」牧師的妻子福特太太問道。波麗安娜有些臉紅。

「不是的。是我自己要來的，跟姨媽沒有任何關係。因為我幾乎可以說是由父親及婦女勸助會的女士們一起帶大的，所以很習慣跟婦女勸助會的成員相處。」

有些人忍不住笑了出來，牧師太太則不悅地皺起了眉頭。

「好的，親愛的，想要我們幫什麼忙？」

「我想請妳們……幫吉米．賓恩一個忙。」波麗安娜嘆了一口氣，「他現在除了孤兒院外，沒有任何一個家庭願意收留他，而孤兒院又人滿為患，不知為什麼他覺得孤兒院也不想要他，所以他想另外找一個家。他要找的不是孤兒院而是一般家庭，家裡有媽媽可以照顧他，因為媽媽會比較關心他。他今年十歲快滿十一歲了。我想妳們之中可能會有人喜歡他，甚至想收留他。」

「如果是妳，妳會收留他嗎？」一個小小的聲音打破了眾人聽完波麗安娜的說明後，茫然不知所措的沉默氣氛。

波麗安娜焦急地掃過在場的每一張臉孔

「噢，我忘了說，他願意工作。」她急切地補充道。

但現場仍是一片靜默。不一會兒，開始有一兩名女士冷靜地提出質疑，過沒多久，所有人開始分享彼此聽到的故事；討論雖然熱烈，但態度似乎不是很友善。

波麗安娜越聽心裡越著急。雖然有些話她聽得不是很明白，但在聽了一段時間後，她得出一個結論現場沒人願意收養吉米。雖然每個人都認為應該會有其他人願意收養他，尤其是家中沒有小男孩的家庭，但自己本人願意收養的，現場是一個也沒有。過了一會兒，波麗安娜聽到牧師太太小心翼翼地提出一個建議，內容是婦女勸助會只要可以減少對遙遠的印度男童的援助計畫，或許可以提供吉米生活和教育上的援助。這個提議立刻引發激烈的討論，甚至出現數人同時搶話、誰也不讓誰的場面，不僅討論時的嗓門比較大，氣氛也比之前更不友善。

詳細情況似乎是，這個婦女勸助會向來是以對印度提供大筆捐款的援助計畫而聞名，許多人認為今年援助的金額要是比往年低，她們會羞愧而死。

這時她們又開始說著波麗安娜聽不懂的話，聽起來這些人才不在乎那些錢拿來做什麼，只要金額能讓這個婦女勸助會的名字在某些「報告」中「名列前茅」就好。不過，她們當然不可能是這個意思！

但所有的一切真的讓人很費解，氣氛也讓人很不舒服，於是波麗安娜又玩起那個遊戲，她最後發現自己很開心地置身在一個氣氛相當寧靜、空氣非常清甜的戶外環境中，但她同時也很難過，因為她發現要幫吉米找一個家不是一件容易的事。而更令她難過的是，她明天必須親口告知吉米，婦女勸助會情願把所有的錢送去養育遠在印度的小男孩，也不願意從中撥出一點錢養育自己鎮上的孩子，理由竟然是，根據某個高個兒、戴著眼鏡的女士的說法這麼做對於「報告上的排名」一點幫助也沒有。

「不過，願意以金錢援助異教徒其實是一件好事，我不應該期望她們留下一部分的錢。」波麗安娜獨自回家時，一邊嘆息一邊難過地想著。「但她們的態度卻好像是只有遠方的小男孩才重要，這裡的小男孩一點也不重要。不過，我還是認為，照顧吉米・賓恩長大成人，比區區一份報告要來的重要多了。」

十三、在潘道頓森林裡

波麗安娜離開小禮拜堂後，並沒有馬上回家，而是往潘道頓山丘走去。雖然今天是波麗安娜的假日（她稱沒有縫紉課跟烹飪課的日子叫做「假日」），不過，她卻覺得今天格外難熬。對現在的波麗安娜來說，只有到潘道頓森林好好靜一靜，才會讓自己好受一點。所以，波麗安娜頂著熾熱的陽光，一步一步爬到了山頂。

「到五點半再回家也不遲。」她自言自語，「雖然到這裡需要爬一段山坡，不過能夠在樹林裡走走真是太好了。」

波麗安娜從以前就覺得潘道頓森林非常漂亮，不過今天的潘道頓森林卻比以往更加迷人。儘管，現在森林裡漫步的波麗安娜，腦海中的思緒都圍繞在那個令人失望透頂的消息上，更糟糕的是，明天還得跟吉米坦白，但這些都不影響潘道頓森林的美麗。

「我還真希望那些大嗓門的女士能夠到這裡來走走。」波麗安娜嘆了口氣，抬起頭望著從樹蔭間透出的小片藍天，「如果她們能到這裡來，我相信她們一定會改變心意，收留吉米的。」她對此深信不疑，不過，連她自己都說不上來到底為什麼。

突然，波麗安娜聽到了一些聲音，她抬起頭四處張望。遠遠地，一隻小狗飛也似地奔過來，大聲吠叫著，一眨眼就跑到了她的身邊。

「你好，狗狗！」波麗安娜對著牠彈了彈手指，充滿期盼地望著小狗剛剛奔來的那條路。她認得這隻小狗，之前他們倆曾有一面之緣。當時，這隻小狗跟在那個人，也就是約翰·潘道頓身邊。波麗安娜望著那條小路，希望能看到他的身影。不過，過了好幾分鐘，他一直沒有出現，所以波麗安娜轉頭，望著小狗，想知道發生什麼事了。

這時，波麗安娜發覺小狗的行為十分奇怪，牠不停地吠叫，又不時發出尖銳的叫聲，像在警告什麼似的。除此之外，牠還在那條小徑上忽前忽後地跑來跑去。波麗安娜跟在牠的後面，很快地就來到一條岔路上，小狗飛也似地往前狂奔，但是很快地又折回波麗安娜面前，發出嗚嗚的叫聲。

「嘿！那可不是回家的路喔。」波麗安娜站在原地，笑著對小狗說。

小狗眼看波麗安娜不為所動，表現的更瘋狂了。牠顫抖著，不停地在波麗安娜跟那條岔路上來回奔跑，嗚嗚叫著，用可憐兮兮的眼神望著波麗安娜，像在懇求什麼似的。終於，波麗安娜明白了小狗的意思，她毫不猶豫地轉身，跟著小狗往前奔去。

小狗帶著波麗安娜狂奔，沒過多久，波麗安娜就知道小狗想告訴她什麼了。只見一個男人動也不動地躺在陡坡下方，他的身下就是離道路只有幾碼遠的亂石堆。

波麗安娜一不小心踩斷了一根小樹枝，喀嚓的聲音讓男人轉過頭來。一看到他的臉，波麗安娜失聲尖叫，趕忙跑到他的身邊。

「潘道頓先生！噢，您受傷了嗎？」

「受傷？噢，沒有！我正在陽光下小憩呢。」他不耐煩地說。「看到了吧！妳懂什麼？妳要做什麼？妳有感覺到什麼嗎？」

波麗安娜屏住了呼吸，潘道頓先生一連丟出了好幾個問題，讓她有些招架不住，但她還是按照自己的習慣，有條不紊地一個一個慢慢回答。

「噢，潘道頓先生，我知道我懂得不多，也沒辦法做什麼大事。不過，除了羅森太太之外，其他婦女勸助會的人都說我很敏銳。這是有一天我不小心偷聽到的，不過她們不知道我當時在偷聽。」

潘道頓先生笑了，只是笑得很勉強。

「孩子，請妳原諒我，妳看，其實都是我這條腿害的。現在，麻煩妳仔細聽好。」

他停頓下來，有點困難地把手伸進褲子口袋裡掏出一串鑰匙，用拇指與食指捏住其中一支，對波麗安娜說：「妳往這條小路直直地走下去，大概走五分鐘後就可以到我家了，用這把鑰匙打開門廊下方的側門，妳知道什麼是給馬車出入的門廊吧？」

「是的，我知道，先生。波麗姨媽家也有一個給馬車出入的門廊，波麗姨媽還在上方蓋了個日光室，我之前在上面的屋頂睡過一覺，只不過還沒睡著，就被他們發現了。」

「什麼？噢，那，妳進去之後，穿過前廳跟大廳一直往裡面走，走到大廳盡頭的那扇門。在門的另外一邊有間房間，房間中央擺著一張大桌子，桌上放著一部電話機，妳知道電話機怎麼用嗎？」

「噢，我知道，先生。因為有一次波麗姨媽……」

「不要再講妳的波麗姨媽了。」那個人面帶慍色地打斷波麗安娜的話，一邊試著想要移動他的身體。

「然後，妳在電話本上找到湯瑪斯．奇爾頓醫生的電話號碼，電話本就在電話機附近，應該就掛在一旁的掛鉤上，不過也許不在那裡。總之，妳應該知道電話本長什麼樣子吧！」

「噢，是的，先生！我很喜歡波麗姨媽的電話本，上面有許多奇奇怪怪的名字，還有……」

「告訴奇爾頓醫生，就說約翰．潘道頓在潘道頓森林的小鷹坡下摔斷腿了，請他派兩個人帶著擔架過來，其他的事就交給他處理了。順便告訴他，沿著門前的那條路就可以找到我了。」

「您摔斷腿了？噢，潘道頓先生，這太可怕了！」波麗安娜全身發抖，「幸好我來到這裡，我能不能……」

「是的，妳能……不過顯然妳不願意。可不可以請妳不要再這樣嘰嘰喳喳說個不停，趕快照著我說的去做好嗎？」那個人發出微微地呻吟，波麗安娜則是一邊哭一邊跑開了。

波麗安娜顧不得停下腳步欣賞在樹林縫隙間露出的片片藍天，她的眼睛直盯著地面，確保沒有會讓她跌倒的小樹枝或是石頭。

沒過多久，波麗安娜就看到那間大房子了。其實，之前她曾見過，不過都沒像這次這麼近。她看著這棟由灰色石塊砌成的大房子，有立滿柱子的門廊，還有氣派的大門，心裡不由得有些害怕。不過，她馬上拋下恐懼，加快腳步，穿過從來沒有人打理的大草坪，繞過房子，來到門廊下的側門。她的手指因為一路上緊抓著鑰匙而有些僵硬，使她費了好大的勁才得以轉動門鎖。在花了許多力氣之後，那扇厚重的雕花大門終於緩緩地打開了。

波麗安娜屏住呼吸，雖然心裡很急，不過她還是放慢腳步，膽戰心驚地順著前廳，望向寬敞昏暗的大廳。她現在害怕得六神無主，因為這可是潘道頓先生的房子，不只主人很神祕，房子也很神祕，而且除了主人之外，沒有人進來過這幢房子裡，更可怕的是，房子的某處還藏著一副骷髏。但是，波麗安娜現在必須一個人走過這些恐怖的房間，找到電話，然後打給醫生告訴他房子的主人摔斷了腿……

還在小聲啜泣的波麗安娜，快速地跑過大廳，一路上完全不敢東張西望地來到另一邊的那扇門並打開它。

這間房間非常的大，裡頭有著跟大廳一樣的黑木家具和窗簾，陽光透過西邊的窗戶照了進來，穿過整個房間形成一條長長的金色通道，也替壁爐上早已失去光澤的黃銅色爐架刷上一點點光彩。電話機擺在房裡正中央的一張大桌子上，波麗安娜躡著腳步，快速來到桌前。

電話本沒有掛在鉤子上，不知道什麼時候掉到地上了。波麗安娜把它撿起來，用顫抖的手翻到開頭的那一頁，找到了「奇爾頓」，並成功地用電話聯絡到醫生。儘管波麗安娜全身發抖，不過，她還是將潘道頓先生所交代的事告訴了醫生，並回答了醫生幾個簡短的問題。好不容易掛上電話，她終於放下心中的一塊大石頭，長長地舒了一口氣。

她轉頭看向四周，房間裡一片凌亂。窗戶上掛著深紅色的窗簾，牆壁排滿了書籍，東西亂七八糟地被丟在地板上；凌亂的書桌，還有數不清的壁櫥門，或許裡面就藏著一副骷髏也說不定。此外，她看到的除了灰塵、灰塵，還是灰塵。她頭也不回地轉身就跑，穿過大廳，衝出那扇仍半掩的厚重雕花大門。

波麗安娜返回樹林的速度之快，讓因為受傷而覺得時間分外難熬的潘道頓先生大吃一驚。

「呃，出問題了嗎？門打不開嗎？」他問道。波麗安娜睜大眼睛看著他。

「沒有，我當然進去了。您這樣說，好像覺得我是進不去，所以才回來似的。醫生馬上就會帶著助手跟需要的東西趕過來。他說，他知道您在哪裡，所以不需要我在那兒等他們來，幫他們帶路。所以我想，我還是回來待在您身邊比較好。」

「是嗎？」男人苦笑著說：「我可不能說我欣賞妳的判斷力，妳應該去跟比我友善的人相處。」

「您的意思是……因為您脾氣不好？」

「還真謝謝妳的坦白，妳說的沒錯。」

波麗安娜溫暖地笑了一下。

「您只是外表看起來脾氣不好，其實您才不是這樣的人呢。」

「是嗎？妳怎麼知道？」男人邊問邊試著在不會動到身體其他部位的情況下，移動一下頭的位置。

「有很多地方可以看出來啊！比如，您跟小狗相處的時候。」她指著男人輕放在小狗頭上、十分細瘦的那隻手，「這樣說起來，好像狗跟貓都比人類還要懂人心，您說有不有趣？嘿，我來托住您的頭吧。」她突然對著他這麼說。

波麗安娜托著男人的頭，緩慢地移動，儘管如此，一點點的動作還是讓男人疼的齜牙咧嘴，時不時地皺起眉頭，但他也只是呻吟了一聲。不過，當他們好不容易移好位置之後，男人發現，枕在波麗安娜腿上，實在比躺在碎石堆裡要舒服多了。

「嗯，這樣好多了。」他虛弱地喃喃自語。

有好長一段時間，他沒有再說任何一句話。波麗安娜凝視著他的臉，想知道他是否睡著了。她猜想他應該沒睡著。男人緊抿著嘴唇，好像深怕那些痛苦的呻吟會從他嘴裡溜出來一樣。波麗安娜看著這個平時高大、強壯的人，現在無助地躺在這裡，眼淚差點就要奪眶而出。男人一隻手露在外頭，拳頭緊緊握著，一動也不動；另一隻手則無力地搭在小狗的頭上。小狗兩眼直盯著主人，看得出牠也相當擔心。

時間一分一秒地過去，太陽漸漸西沉，樹下的陰影也越來越深。波麗安娜還是坐在那裡，枕著男人的頭，連大氣都不敢喘一口。一隻不怕生的小鳥在她觸手可及的地方玩耍，一隻小松鼠站在樹枝上，搖著蓬鬆的尾巴在她面前晃來晃去，亮晶晶的小眼睛直盯著那隻動也不動的小狗。

突然，小狗豎起耳朵，嗚嗚叫了兩聲，緊接著吠了一聲。沒過多久，波麗安娜聽到人聲，接著她看到三個男人帶著擔架跟其他東西匆匆趕來。

三人之中，有一名高個子、眼神和善、鬍子刮的很乾淨的男士。他親切地走上前來，波麗安娜馬上就知道，他就是奇爾頓醫生。

「在玩扮演護士的遊戲嗎？我親愛的小姐。」

「噢，不是的，先生。」波麗安娜微笑地說：「我只不過是托住病人的頭而已，還沒開藥給他吃呢。不過，我很高興我人在這裡陪他。」

「我也很高興有妳在這裡陪他。」醫生同意地點點頭，然後將注意力轉到受傷的病人身上。

十四、只是一塊肉凍

波麗安娜在約翰．潘道頓發生意外的當晚，晚餐遲到了，但她沒有被罵，幸運地逃過了一劫。

南西在門口等著她。

「我不想整天都盯著妳，」看見波麗安娜出現，她明顯地鬆了一口氣，「但現在都六點半了。」

「我知道，」波麗安娜坦誠道：「但不能怪我，真的不是我的錯。波麗姨媽要是知道事情的原委，她一定也不會怪我。」

「她不會有那個機會了。」南西開心地回答。「她走了。」

「走了！」波麗安娜大吃一驚，「她是被我氣走的嗎？」波麗安娜懊悔不已，腦中立刻想起自己今天早上從街上撿來的小男孩和之前的小貓、小狗，以及自己不受控制的嘴老是不斷地講到「開心」，還有屢次提起不該提到的「父親」等回憶。

「噢，該不會是我把她氣走了吧？」

「妳沒那麼大的能耐。」南西笑著說。「她在波士頓的表兄弟突然過世，所以不去不行。今天中午妳出門後，她接到其中一名表兄弟寄來的電報，最快三天後才會回來。好啦，現在我們可以盡情地開心啦。這段時間我們會把這棟屋子打理得好好的，我們兩個，就妳和我，我們一定可以，一定可以！」

波麗安娜一臉不可置信的樣子。

「開心？南西，人家在辦喪事妳還覺得開心？」

「不是的，波麗安娜小姐，我不是因為喪禮而覺得開心，而是……」南西突然住了口沒再繼續說下去，但她隨即又像是想到了什麼。「波麗安娜小姐，這個遊戲還不是妳教我的。」南西理直氣壯地責備她。

波麗安娜一張苦瓜臉。

「我沒辦法，南西。」她搖著頭說，「應該還是有些場合不適合玩這個遊戲，喪禮就是其中之一，喪禮沒什麼值得開心的事。」

南西輕輕地笑了出來。

「我們可以開心死的不是我們。」她認真觀察著波麗安娜的反應，但波麗安娜完全沒聽到南西的回答，就開始講述今天碰到的意外；一旁的南西則是聽得目瞪口呆，說不出話來。

隔天中午，波麗安娜按照約定前往當初說好的地點去見吉米・賓恩。當然，正如她之前所預料的，吉米對於婦女勸助會情願幫助印度男孩也不願幫助自己感到非常失望。

「算了，這或許就是所謂的人之常情。」他嘆道，「未知的事總是比自己熟悉的事來得好。就像我們總是會覺得別人盤子裡的食物一定比較好吃，是一樣的道理。但我希望自己對遙遠他方的人，也有一樣的吸引力。若是在印度有人想要我，那不是太好了嗎？」

波麗安娜聽完後不停地拍手。

「沒錯！吉米，這很有可能喔！我會寫封信去我故鄉的婦女勸助會告訴她們你的情況。她們住在西部，雖然不像印度那樣地遙遠，但光是西部其實就已經夠遠了。若你和我當初一樣大老遠地搭車到這裡，你一定也會這麼覺得。」

吉米眼睛一亮。

「妳覺得她們真的會想要我嗎？」他問道。

「她們當然會！她們不是想幫助印度的小孩嗎？她們現在可以把你當成印度小孩。我想你住的夠遠，夠讓她們的名字印在報告上。你等著，我幫你寫信給她們。

我會寫給懷特太太。不，還是應該要寫給瓊斯太太。懷特太太最有錢，但捐獻最多的向來都是瓊斯太太這點仔細想想其實還滿有趣的，不是嗎？不過，我想婦女勸助會裡一定會有人想要收養你。」

「很好，但不要忘記告訴她們，我願意工作來抵吃住的開銷。」吉米強調，「我不是乞丐，就算是婦女勸助會的人，還是要把話說清楚。」他遲疑了一會兒又再度補充：「我想，在妳收到回音之前，我還是先待在原來的地方比較好。」

「當然啦，」波麗安娜自信滿滿地說：「到時我才知道要去哪找你。你離她們這麼遠，她們之中一定會有人願意收留你的。波麗姨媽不就是……啊！」她突然停下來，「你想，我會不會是波麗姨媽的印度小女孩？」

「妳真是我看過最奇怪的小孩。」吉米轉身離去時笑著說。

潘道頓發生意外事件後的一個星期，某個早晨波麗安娜對她的姨媽說：

「波麗姨媽，如果我把這週送給史諾太太的牛蹄凍拿去送給別人，您會介意嗎？才這麼一次，我確定史諾太太不會介意。」

「天啊，波麗安娜，妳又是哪根筋不對勁了？」姨媽嘆了口氣，「妳真是個奇怪的孩子！」

波麗安娜焦急的臉皺成了一團。

「波麗姨媽，請告訴我，到底什麼是奇怪？一個人如果奇怪，那他就不可能平凡無奇，對不對？」

「妳倒是絕對不可能平凡無奇。」

「噢，那就好，那我很開心自己很奇怪。」波麗安娜豁然開朗地鬆了一口氣。

「像懷特太太非常討厭羅森太太，她就曾說過羅森太太是個平凡無奇的女人。她倆整天吵個不停，不過我想說的是，爸爸曾……我的意思是，為了讓她們兩人能和平共處，我們可是費了好大的一番工夫。」波麗安娜情急連忙改口，她提到父親過往事蹟的同時，又要顧及姨媽不准提到父親的禁令，真是左右為難。

「好了，好了，別再講這些有的沒的。」波麗姨媽沒耐心地阻止她再繼續說一些無關緊要的事，「波麗安娜，不管我們在說什麼，妳老是會喋喋不休地不斷提起婦女勸助會的那些事。」

「是啊，」波麗安娜會心一笑，「我好像真的是這樣。但您應該可以理解，我不但是她們帶大的，而且……」

「夠了，波麗安娜。」姨媽無情地打斷她，「現在可以說說肉凍是怎麼一回事了嗎？」

「沒什麼，波麗姨媽，真的，我敢保證您一定不會在意的。您都願意送肉凍給史諾太太了，所以我覺得您一定也會願意送給他畢竟才這麼一次。您想想看，摔斷腿又不是終身殘廢，所以他不會像史諾太太一樣終生臥病在床。史諾太太就算這一兩次沒拿到，之後還是拿得到。」

「他？摔斷腿？波麗安娜，妳在說什麼？」波麗安娜愣看著姨媽，然後才恍然大悟。

「噢，我忘了告訴您，所以您才不知道。這是您前陣子外出時發生的事。您離開的那一天，我正好發現他受傷躺在林子裡，於是，我就去幫他開他家的門，再順便幫他打電話通知醫生及某個朋友，並在醫生趕到之前握著他的手。後來醫生來了，我就離開了，一直到今天也沒再見到他。但是，當南西為史諾太太做這個星期的肉凍時，我就想如果能送點肉凍給他也挺不錯的。就這一次，波麗姨媽，我可以送肉凍給他嗎？」

「好好，我想應該沒問題。」波麗姨媽有些不耐煩地表示同意，「妳說的他是誰？」

「我說的是約翰・潘道頓先生。」

波麗小姐一聽到這個名字，差點從椅子上跳起來。

「約翰・潘道頓！」

「是的，他的名字是南西告訴我的，或許您也認識他。」

波麗小姐不但沒回答，反而問：「妳認識他？」

波麗安娜點點頭。「是啊。我現在碰到他，他都會和我微笑說說話。他只是外表看起來很凶。我要去拿肉凍了，剛剛我進廚房時，南西就快做好了。」波麗安娜說完便往廚房走去，但她還沒踏出房門就被叫住了。

「波麗安娜，等一下！」波麗小姐聲音突然變得異常嚴厲，「我改變主意了。我今天想像往常一樣把肉凍送給史諾太太。就這樣，沒事了，妳可以走了。」

波麗安娜一臉失望。

「但是波麗姨媽，史諾太太的病不會這麼快好，雖然這次沒送給她，她之後還是拿得到；但是潘道頓先生就不一樣，他只是摔斷了腿，他的腿不會一直……我是說他的腿馬上就會好，而現在已經過了一週了。」

「是的，我記得，妳剛才說了約翰·潘道頓發生意外。」波麗姨媽語氣有些不自然，「但我一點也不在乎約翰·潘道頓拿不拿得到肉凍，波麗安娜。」

「我知道他脾氣似乎……不太好，」波麗安娜難過地承認，「所以我想您可能不太喜歡他。但我不會告訴他肉凍是您送的，我會說是我送的。我喜歡他，送他肉凍我會很開心。」

波麗小姐先是搖了搖頭，然後又突然停下來，以出奇平靜的聲音問道：

「波麗安娜，他知道妳……是誰嗎？」

小女孩嘆了口氣。

「我想他不知道。我告訴過他我的名字，只說過一次，但他從來沒叫過，一次也沒有。」

「他知道妳……住在哪嗎？」

「沒有。我從沒跟他說過。」

「所以他不知道妳是我的……外甥女？」

「我不認為他會知道。」

波麗小姐頓時沉默不語，她的眼睛雖然盯著波麗安娜，但心神似乎陷入沉思中。小女孩則等得不耐煩地大聲嘆氣，並像鐘擺一樣地左右擺動自己的身體。

就這樣過了好一段時間，波麗小姐才終於起身。

「好吧，波麗安娜。」姨媽說道，但她的聲音聽起來相當古怪，一點也不像她平時的聲音，「妳可以把肉凍送去給潘道頓先生，不過是以妳的名義送。妳要知道：這件事和我一點關係也沒有，我沒送任何東西給他，絕對不能讓他以為是我送的。」

「太好了，謝謝您，波麗姨媽。」雀躍不已的波麗安娜，立刻朝大門飛奔而去。

十五、奇爾頓醫生

波麗安娜第二次來到約翰．潘道頓家時，這棟灰色的大房子跟上次看起來完全不一樣了。所有的窗戶都打開了，一名老婦人正在後院晾衣服，醫生的雙輪輕便馬車就停在馬車出入通道的門廊下。

跟上次一樣，波麗安娜走到了側門，這次她伸手按響了門鈴，跟上次不一樣的是，這回她的手指可沒有因為一路緊抓鑰匙而僵硬。

一個熟悉的身影跳上臺階來迎接她，是那隻小狗。過了好一會兒，那名剛剛在晾衣服的老婦人走過來幫她開了門。

「您好，我給潘道頓先生帶些牛蹄凍來了。」波麗安娜臉上掛著微笑跟老婦人說。

「謝謝妳。」老婦人說，伸手接過小女孩手上的碗，「我該告訴他，是哪位送給他的呢？這是牛蹄凍吧？」

這個時候，醫生恰巧走進了大廳，聽到她們的對話，也瞥見了波麗安娜臉上的尷尬，他趕緊快步上前。

「啊，是牛蹄凍嗎？」他親切地問，「這真是太好了！或許，妳也願意見見我的病人，嗯？」

「噢，當然，先生。」波麗安娜愉快地微笑回答。醫生對老婦人點點頭，雖然老婦人滿臉詫異，不過她還是立刻領著他們進到了大廳。

醫生身後，一名年輕人（他是從附近城市請來的專業護士），不安地看著他們問道：「可是，醫生，潘道頓先生不是說他不見任何人的嗎？」

「噢，他是這樣說過。」奇爾頓醫生鎮定地點點頭，「不過，這件事讓我來決定吧，我來承擔這個風險。」他語氣輕快地說：「你當然不知道，不過這個小女孩，可比六夸脫的藥劑還要厲害多了。如果說，有什麼人可以讓潘道頓先生在這個下午暫停發牢騷，那肯定就是她了。這也是我讓她進來的原因。」

「她是誰？」

這一剎那，醫生猶豫了一下。

「她是這個小鎮上一位有名人士的外甥女。她名叫波麗安娜·惠提爾。我還沒有機會跟這位小姐多多相處，不過，在我的診所裡，很多病人都對她讚賞有加，對此我感到十分欣慰。」

醫生的這幾句話，讓男護士笑了。

「真的嗎？那麼，她開的藥有哪些神奇的成分呢？」

醫生搖搖頭。

「我也不知道，不過就我所知，那是一種無論過去或是未來發生什麼事，都能夠保持心情愉快的能力。我一直從病人那裡聽到她跟他們所說過的話，還有那句名言『開心就好』，我想，這就是這位小姐的祕方。」他邊說邊走向門廊，臉上帶著和剛剛一樣的幽默微笑，接著說：「我還真希望能夠把她變成一種藥方，再開給病人服用，就像我平常開藥一樣。如果世界上有很多像她一樣的人，那麼我們這些做醫生、護士的，可能就要失業了，到時候，只好去賣絲帶或挖水溝了。」醫生大笑著說完，提起韁繩上了馬車。

此時，因為剛剛醫生的交代，所以波麗安娜被領著走向約翰．潘道頓的房間。她們穿過位於大廳盡頭的大書房，雖然走得很快，不過，波麗安娜還是一眼就發現了房間巨大的改變。雖然深紅色的窗簾，還有排滿書籍的牆並沒有什麼改變，不過地板上的垃圾被清掉了，桌面被收拾得整整齊齊，灰塵也不見了。電話本被掛回了它應該在的位置，壁爐上的黃銅爐架也被擦得閃閃發亮。他們也打開那些神祕的門的其中一扇，老婦人帶著波麗安娜朝那裡走去。過了一會兒，波麗安娜便發現自己站在一間裝飾豪華的臥室裡。老婦人戰戰兢兢地說：

「先生，有個小女孩帶了些牛蹄凍來給您，醫生叫我……帶她進來。」

老婦人說完，人就走了，留下波麗安娜跟那個躺在床上，臉上寫滿憤怒的人。

「聽著，我早就說過……」聲音充滿怒氣，「噢，是妳啊！」他的語氣稍微緩和了些，波麗安娜趕緊走到床邊。

「是的，先生，是我。」波麗安娜微笑，「噢，我真高興他們讓我進來了，一開始，那個婦人拿了牛蹄凍後，還想立刻把我打發走呢。我真擔心我不能進來見您，不過，幸好醫生讓我進來了。他人真是太好了，您說是不是？」

男人的嘴角掛上一絲微笑，可是嘴裡還是發出「哼！」的一聲。

「我帶了一些肉凍，」波麗安娜說：「是牛蹄凍，我猜您會喜歡吧？」她用上揚的語氣說。

「我從來不吃這些東西。」男人剛剛出現在臉上的微笑消失了，因生氣而產生的皺紋，這會兒又爬回他的臉。

有那麼一會兒，波麗安娜臉上浮現出失望的神情，不過當她轉身把碗放好後，那種失望的神情已經不見了。

「是嗎？可是，您從來沒試過，怎麼知道自己不喜歡呢？所以，我很高興您之前沒試過，要是您知道……」

「好了，好了，現在有一件事我清楚得很，那就是，我現在得一直躺在床上，而且，我猜大概會一直躺到……世界末日那天。」

波麗安娜看起來震驚極了。

「噢，不會的，除非大天使加百列吹響了號角，否則世界末日不會這麼快就來的，雖然，世界末日也可能比我們預期中來得快。噢，我知道《聖經》上說，世界末日的到來比我們想像中快，不過我不這麼認為，那是因為……可是，我當然相信《聖經》，但我是說，我不認為世界末日會這麼快到來，而且……」

約翰·潘道頓噗哧一聲笑了出來。此時那個男護士恰巧走進房間，一聽到潘道頓先生的笑聲，便趕緊默默退出。他就像是一個怕東怕西的廚師，一見到冷空氣正吹著還沒完成的蛋糕，就會不由分說地立刻把烤箱的門關上。

「妳是不是有點糊塗了啊？」約翰·潘道頓先生問波麗安娜。小女孩笑了。

「也許吧，但是我的意思是，您的腳總有一天會復原的。您知道，您跟史諾太太的情況不一樣，她是終身不能走了。所以，您的腳，一定會在世界末日來臨前復原的，您應該因此而開心才對。」

「噢，我還真是開心。」他詭異地笑了一下。

「而且，您只摔斷了一條腿，您該慶幸您不是一次摔斷兩條腿。」波麗安娜開始喜歡上醫生交給她的任務了。

「噢，當然，我還真是幸運！」男人揚起了眉毛，嘲弄地說：「這樣說起來，我該慶幸我不是蜈蚣，沒有一次摔斷五十條腿。」

波麗安娜笑了出來。

「這可不是嗎？」她說：「我知道蜈蚣長什麼樣子，牠們有好多隻腳，而且您應該開心……」

「噢，那還用說。」男人打斷波麗安娜的話，聲音裡又多了之前的那種急躁感。「我還有很多事可以開心，像是護士、醫生，還有廚房裡那讓人討厭的女傭。」

「噢，先生，可是您想想看，如果沒有他們，您的生活會是什麼樣子呢？」

「呃，我……啊？」他厲聲問道。

「我是說，您想想看，如果沒有他們，您就得孤零零地一個人躺在這裡了。」

「照妳這麼說，我現在躺在這裡，好像還不是最糟糕的事。」男人焦躁地說：「而且妳還覺得，我應該要心情愉快。現在，有個蠢女傭把家裡管得亂七八糟，還說這叫做『井井有條』，一個年輕人提供照護，並幫那個女傭的忙，說他這叫『照顧周到』，更別提還有那個醫生了。除此之外，他們所有人，都指望我付錢給他們，而且越多越好。」

波麗安娜皺著眉頭聽著，眼裡充滿了同情。

「噢，我了解，關於錢的那部分，這對您而言實在是太糟糕了，畢竟您存了這麼長的時間。」

「什麼？」

「存錢啊！為了這件事，您只買豆子跟魚丸，您是知道的。您喜歡豆子嗎？還是比較喜歡火雞呢？火雞也只要六十分錢而已。」

「聽著，孩子，妳到底在說什麼啊？」

波麗安娜露出燦爛的笑容。

「我在說您的錢啊！您知道的，您克制自己的欲望，把錢存下來給異教徒。您看，我發現了您存錢的原因。噢，潘道頓先生，這是為什麼我知道您很善良，這些是南西告訴我的。」

男人聽了這些話，驚訝得張大嘴巴。

「南西告訴妳，我存錢是為了……好吧，我可以知道南西是誰嗎？」

「我們家的南西，她在為波麗姨媽工作。」

「波麗姨媽？誰是波麗姨媽？」

「她就是波麗．哈靈頓小姐。我現在跟她住在一塊。」男人突然動了一下。

「波麗……哈靈頓……小姐！」他喘著氣說：「妳跟她住在一起！」

「對，我是她的外甥女。她收留了我，還要把我帶大，因為我媽媽……」波麗安娜的聲音沉了下來，「我媽媽是她的姊姊，自從爸爸去了天堂，跟媽媽還有其他人相聚之後，就只剩下婦女勸助會的人陪我了，所以後來波麗姨媽就收留了我。」

男人沒有回答，他躺回枕頭上，臉色蒼白，白到令波麗安娜有點害怕，她猶豫地站了起來。

「我想，或許我該離開了。」她說，「希望您會喜歡我帶來的牛蹄凍。」

男人突然張開他的眼睛，轉過頭來，眼神中帶著奇異的嚮往，這讓波麗安娜大感奇怪。

「所以，妳是說，妳是波麗．哈靈頓小姐的外甥女囉。」他溫和地問。

「是的，先生。」

男人的目光一直停在波麗安娜的臉上，看得波麗安娜有點不好意思起來，她低聲說：「我想，您應該認識她。」

約翰．潘道頓的嘴角扭曲，擠出一個怪異的微笑。

「是的，我認識她。」他猶豫了一下，仍舊帶著那怪異的笑容，接著緩緩地問道：「但是，妳該不會說，是波麗．哈靈頓小姐叫妳拿這碗牛蹄凍給我的吧？」

波麗安娜顯得侷促不安。

「不，不，先生，她沒有。她說，絕對不可以讓您誤會這牛蹄凍是她送的，可是我……」

「我也是這麼想。」男人拋下這句話，把他的頭轉向另外一邊。而感到越來越侷促不安的波麗安娜，踮起腳尖，躡手躡腳地走出房間。

在門廊下的馬車通道上，波麗安娜發現醫生正駕著馬車在那裡等著她，男護士則站在臺階上。

「波麗安娜小姐，請問我有這個榮幸可以送妳回家嗎？」醫生微笑地詢問，「我剛離開沒幾分鐘，才想到我應該回來等妳才對。」

「謝謝您，先生。我很高興您決定留下來等我，我好喜歡坐馬車。」波麗安娜笑著說，拉住醫生伸出的手，上了馬車。

「是嗎？」醫生微笑地說，同時點頭跟臺階上的男護士道別。「就我所知，妳喜歡的東西還真不少，是嗎？」醫生邊說邊輕快地駕著馬車，波麗安娜笑了。

「或許是吧。」她承認。「我喜歡所有生活中所發生的事，不過我也有不喜歡的，像是縫紉、朗讀等等，這不是生活。」

「不是生活？那它們是什麼？」

「波麗姨媽說那叫『學習生活』。」波麗安娜苦笑著嘆了口氣。醫生則是笑得有點勉強。

「她是這樣說的嗎？我也覺得她會這樣說。」

「沒錯。」波麗安娜回答，「可是我不這麼想，我認為生活不需要特別去學，不管我怎麼看，我到現在還是無法接受。」

醫生長長地嘆了一口氣。

「其實，我們很多人都得學習怎麼生活，小女孩。」他說完，沉默了好一陣子。波麗安娜偷偷瞥了他一眼，發現他臉上布滿了憂愁。波麗安娜有點擔憂，儘管她知道不太容易，不過她還是希望自己能夠做些什麼。想到這，她怯生生地說：

「奇爾頓醫生，我認為，當醫生應該是最令人開心的職業了。」

醫生滿臉驚訝地轉頭看著她。

「開心！無論我走到哪兒，我看到的都是悲慘的事，這樣我還開心得起來嗎？」醫生大聲地說。

波麗安娜點點頭。

「我知道。可是，您是在幫助他們啊，難道您不這樣認為嗎？而且您會因為幫助他們而感到開心，這些，都讓您成為我們這裡最快樂的人，一直都是這樣。」

醫生眼中突然盈滿滾燙的淚水。他一直獨自生活著，沒有妻子，沒有家。他租了公寓裡兩個房間大的空間當做診所經營，他也非常熱愛他的職業。現在，當他凝視著波麗安娜閃閃發亮的眼睛，感覺彷彿有一隻手正溫暖地撫摸他的頭，給予他祝福。他清楚地知道，在經過一整天的疲憊，或是一整夜的勞累之後，只有波麗安娜這樣溫暖的眼神，可以讓他消除疲勞，幫他重新打起精神。

「上帝保佑妳，小女孩。」醫生用顫抖的聲音說。接著，他帶著病人們很喜歡的微笑說道：「我一直在想，醫生跟病人一樣，都很需要妳那神奇的藥呢。」這番話聽得波麗安娜糊裡糊塗，直到一隻穿過馬路的花栗鼠吸引了波麗安娜的注意力，她才把這件事拋到了腦後。

醫生把波麗安娜送到門口，對著正在打掃前廊的南西笑了笑，就駕著馬車快速地離開了。

「坐醫生的馬車回家，真是太令人開心了。」波麗安娜跳上臺階，「他人真好，南西！」

「是嗎？」

「是啊，我還告訴他，他的職業是最有資格開心的工作。」

「什麼？妳看看那些病人，還有那些明明沒病，卻硬要說自己有病的人，這還不夠糟嗎？」南西的懷疑全寫在臉上。

波麗安娜開心地笑了。

「是啊，他一開始也是這麼說，不過，我告訴他一個可以開心的方法，妳猜猜看是什麼？」

南西皺著眉苦苦思索。現在，她對開心遊戲的規則已經越來越駕輕就熟了。她也很樂意解決波麗安娜丟給她的「難題」，雖然有時候她覺得，這些根本是小女孩的問題。

「噢，我知道了。」南西笑了起來，「跟妳向史諾太太所說的話相反。」

「相反？」波麗安娜重複著，一臉困惑。

「是啊，妳之前告訴她，她可以因為別人不像她整天臥病在床而開心。」

「是啊。」波麗安娜點點頭。

「那，如果是醫生，他就可以因為不像其他人一樣生病而開心。」南西得意地說出這番話。

但是，波麗安娜聽了這話卻皺起了眉頭。

「呃，對。」她承認，「這當然是一個方法，不過跟我說的不一樣。而且這種方法聽起來感覺不太好。他看到病人可是一點都開心不起來。不過，話說回來，南西，有時候妳玩這個遊戲的方式還真特別。」她嘆了口氣，轉身走進屋子裡。

一進門，波麗安娜就發現她的姨媽在客廳裡。

「剛剛送妳回到院子的那個男人是誰，波麗安娜？」波麗小姐著急地問。

「噢，波麗姨媽，那是奇爾頓醫生。您不認識他嗎？」

「奇爾頓醫生！他來這裡做什麼？」

「他駕馬車送我回來，噢，我把牛蹄凍給潘道頓先生了，而且……」波麗小姐立刻抬起頭。

「波麗安娜，他沒有認為是我送的吧？」

「噢，不會，波麗姨媽，我告訴他您不會送東西給他。」波麗小姐的臉突然微微一紅。

「妳明明白白地告訴他，我不會送東西給他？」

波麗小姐的聲音裡夾雜著一絲驚慌，這讓波麗安娜瞪大了眼睛。

「波麗姨媽，這是您自己說的啊！」波麗姨媽嘆了一口氣。

「波麗安娜，我是說，那個牛蹄凍不是我送給他的，而且要妳不要讓他誤會那是我送的。可是，這不表示，我要妳明明白白地告訴他，我不會送東西給他。」說完，她惱怒地轉身離開客廳。

「天啊，我還真不知道這到底有什麼不一樣。」波麗安娜嘆了一口氣，把脫下來的帽子掛到波麗姨媽規定的帽勾上。

十六、紅玫瑰和蕾絲披肩

波麗安娜拜訪約翰·潘道頓一週後的某個下雨天，波麗小姐中午過後便由提摩西駕車載往參加婦女勸助會的委員會議。她三點回到家的時候，雙頰粉紅透亮，原本以髮夾固定的頭髮，已經被風雨吹到整個蓬起來並糾結在一起。

波麗安娜從未看過姨媽這個樣子。

「哇哇哇！波麗姨媽，您竟然也有！」她高興地大叫，並在正要進入起居室的這名女士身邊跳舞繞圈圈。

「有什麼？妳這個莫名其妙的孩子。」波麗安娜仍舊圍繞在姨媽身邊轉啊轉地。

「我都不知道您竟然有！人有可能在旁人都沒察覺到的情況下有嗎？您覺得我這輩子可能會有嗎？」她一邊大叫，一邊急切地從自己的耳朵上方拉出一撮直髮。

「不過，那就不可能是黑色的，黑色不可能藏得住。」

「波麗安娜，妳到底在說什麼？」波麗姨媽質問著她，同時急忙把帽子摘下，努力想把失序凌亂的頭髮整理回原本平順的模樣。

「不……不要……求求您，波麗姨媽！」波麗安娜雀躍的聲音頓時轉變為痛苦的請求聲，「不要把它們整平！我說的就是您那頭烏黑迷人的捲髮。波麗姨媽，它們好美！」

「妳在胡說什麼！還有波麗安娜，妳沒事竟然為了那個小乞丐跑到婦女勸助會去做一些有的沒的蠢事，妳到底是什麼意思？」

「我才沒有胡說。」波麗安娜只在乎姨媽的第一個問題，極力捍衛自己的看法，「您不知道您的頭髮這樣看起來有多美！波麗姨媽，求求您，您可不可以像史諾太太一樣讓我幫您整理頭髮，最後再讓我幫您別上一朵小花？我好喜歡看您打扮成那個樣子，您打扮起來一定比她更漂亮！」

「波麗安娜！」波麗小姐的語氣非常嚴厲她之所以如此嚴厲，是因為波麗安娜所說的話，讓她感受到一種奇特的喜悅與悸動：曾幾何時還有誰在乎過她或她頭髮的樣子？又有誰「喜歡」看她打扮得「漂亮」？「波麗安娜，妳還沒有回答我的問題。妳沒事幹嘛跑到婦女勸助會去做一些有的沒的蠢事？」

「沒錯，我知道自己做了蠢事。但我一開始也不覺得這樣做很蠢，直到我去了之後，才發現她們情願看到報告裡的名次提升，也不願幫忙吉米。於是，我就寫信給我的婦女勸助會，因為吉米跟她們的距離比較遙遠，所以我想或許吉米也可以成為她們的印度小男孩，就像……波麗姨媽，我是您的印度小女孩吧？還有，波麗姨媽，您願意讓我幫您整理頭髮吧？」

波麗姨媽把手按壓在自己的喉嚨上——她知道，那種熟悉的無力感又要籠罩她了。

「但是，波麗安娜，當婦女勸助會的女士們今天中午告訴我妳跑去找她們的事時，妳知道我有多丟臉嗎？我……」

波麗安娜突然開始踩著輕盈的步伐上上下下地跳來跳去。

「您沒拒絕我！您沒說我不能幫您整理頭髮。」她得意洋洋地大聲歡呼。「所以那就表示可以囉，就像是那次送肉凍給潘道頓先生一樣，您沒有送，但又不讓我說您沒有送。現在您先等一下，我去拿把梳子。」

「可是，波麗安娜，波麗安娜……」波麗姨媽一邊抗議，一邊跟著小女孩穿過房間跑上樓梯。

「噢，您自己上來了？」波麗安娜在姨媽的房門口招呼著姨媽，「這樣更好，我找到梳子了。來，這裡，請坐。我好開心您讓我幫您整理頭髮！」

「可是，波麗安娜，我……我……」

波麗小姐還來不及把話說完，下一秒，她就既驚訝又無助地發現自己正坐在梳妝臺前的小椅子上，任由十隻熱切但極為溫柔的指頭在自己的頭髮梳來又整去。

「噢，老天爺啊，您的頭髮真的好美！」波麗安娜一邊梳，嘴巴也沒閒著一邊喋喋不休地講個不停：「而且比史諾太太的頭髮更濃密。不過，您比她更需要這些頭髮，因為您很健康可以到處亮相。噢，天啊！您這頭秀髮藏了這麼久，當人們親眼看到您這頭秀髮，他們會有多開心、多驚訝。波麗姨媽，我會幫您打扮得很漂亮，讓每個人都喜歡看到您。」

「波麗安娜！」面紗一般的頭髮後頭，傳來有些壓抑又有些被嚇到的聲音，「我……我不知道自己為什麼會允許妳做這種蠢事。」

「波麗姨媽，我真的覺得若您發覺別人喜歡看您，您一定會很開心。難道您不喜歡看美麗的事物？我只要看到漂亮的人，心情都會比較開朗，而當我看到不好看的人，都會替他們感到很難過。」

「可是……可是……」

「而且我就是很愛幫別人整理頭髮。」一臉滿足的波麗安娜溫柔地說著，「我幫很多婦女勸助會的女士們整理過頭髮，但她們的頭髮沒有一個比得上您。像懷特太太就有一頭美麗的秀髮，我有一次把她打扮得美極了噢，波麗姨媽，我突然想起一件事，但這是祕密，我還不能說。您的頭髮快整理好了，我現在要先離開一下，一下就好！在我回來之前，您要保證……保證您不會偷看，甚至是把它弄亂。一定要記住喔！」她說完便一溜煙地跑出房間。

波麗小姐想說些什麼，但腦筋卻一片空白。她心想自己應該馬上把波麗安娜整理出來的荒謬髮形弄掉，重新把頭髮往上梳，好好地梳回平日的髮髻才是。而且，竟然還叫我不要「偷看」，講得我好像有多在乎一樣……

她雖這麼想，但卻不斷地從梳妝臺的鏡子中瞥見自己的樣子。看到自己現在的樣子讓她的雙頰泛起了玫瑰色的紅暈，而且越看臉就越紅。

她眼前的這一張臉雖已不再年輕，但此時此刻卻閃耀著興奮與驚喜。粉嫩的雙頰，明亮的雙眸，烏黑的秀髮仍殘留著戶外空氣中的濕氣，散在前額的劉海自然捲曲成波浪的形狀，兩側的髮鬢則浮貼地順著耳朵形成一條完美的曲線，還有許多柔軟不規則亂翹的小捲髮，隨意穿插點綴其中。

波麗小姐驚訝且目不轉睛地盯著鏡中的自己，她都快忘記自己剛剛才下定決心要把頭髮梳理回平常的樣子，這時波麗安娜走進房裡的聲音打斷了她的思緒。她還來不及反應，就感覺到某種摺好的條狀物蓋上了她的眼睛，並在後腦勺打了個結。

「波麗安娜，波麗安娜！妳在做什麼？」她叫道。

「這就是我剛才不想讓您知道的祕密，波麗姨媽，我怕您會偷看，所以才在您眼前綁了一條手帕。現在快坐好，不用一分鐘，我就會讓您看了。」波麗安娜笑嘻嘻地說。

「可是，波麗安娜，」波麗小姐開始不斷跺腳表達抗議，不過一點用也沒有，「現在立刻把它拿掉！妳這孩子！妳到底在做什麼？」就在她氣呼呼抱怨的同時，突然感覺到一件柔軟的東西落在自己的肩頭上。

波麗小姐的反應只是讓波麗安娜更加樂不可支。她最後用興奮到不停顫抖的雙手，將一條毛絨絨的美麗披肩，摺疊成適當的大小後覆蓋在姨媽的肩膀上。這條披肩雖然因為多年未使用而有些泛黃，但上頭還散發著薰衣草的香氣。這是南西上週在整理閣樓時被波麗安娜發現的，她今天忽然想到，何不像幫懷特太太一樣，幫姨媽好好地打扮一番。

完成之後，波麗安娜審視並讚賞著自己的傑作，但就是覺得少了一樣東西。於是她突然拉起姨媽往日光室走去，她記得曾在那裡的棚架上看見一朵遲開綻放的紅玫瑰，她手一伸就能把它摘下來。

「波麗安娜，妳在做什麼？妳到底要把我帶到哪裡去？」波麗姨媽害怕地不斷掙扎，死命地往後退，但仍是被波麗安娜拉著往前走。「波麗安娜，我不要……」

「我只是要把您帶到日光室……再一下子，我就要完成了。」波麗安娜氣喘吁吁地摘下那朵玫瑰，並把她插入波麗小姐左耳上方柔軟的髮鬢中。「完成了！」她欣喜若狂地打開手帕上的結，並把手帕隨手一丟。「波麗姨媽，我想您現在會很開心，還好有讓我幫您打扮。」

波麗小姐看著打扮過的自己及周遭的環境，呆了一秒，低呼了一聲，就飛奔回自己的房間。波麗安娜循著姨媽最後驚慌的視線方向看過去，透過日光室打開的窗戶，看見一輛雙輪馬車轉入車道。她立刻認出駕車的男子，便開心地俯身向前。

「奇爾頓醫生，奇爾頓醫生！您是來找我的嗎？我在上面這裡。」

「是啊。」醫生有些擔憂地笑了笑，「可以麻煩妳下來嗎？」

波麗安娜經過臥房時，發現一個女人面紅耳赤、怒氣沖沖地拔掉了固定披肩的別針。

「波麗安娜，妳怎麼能這樣對我？」女人生氣不滿地抱怨著，「隨隨便便地把我弄成這個樣子，還讓我……被別人看到！」

波麗安娜沮喪地停下腳步。

「但是您看起來很迷人……真的很迷人，波麗姨媽！而且……」

「迷人！」女人不以為然地把披肩丟向一旁，並用因生氣而不停顫抖的雙手梳理著自己的頭髮。

「不要，波麗姨媽，求求您，求求您讓頭髮維持現在的樣子！」

「維持現在的樣子？這種髮形？怎麼可能！」波麗小姐將夾在指尖的頭髮用力向後拉直。

「天啊！您剛才真的很漂亮。」波麗安娜欲哭無淚，沮喪地走出房間。波麗安娜下樓後，發現醫生仍在馬車上等著她。

「我為病人開了妳這個處方，他派我來拿藥。」醫生表示，「妳願意跟我去嗎？」

「您是說……去藥房辦事？」波麗安娜有些不確定的反問，「我以前曾幫婦女勸助會做過類似的事。」

醫生笑著搖搖頭。

「不是這麼一回事。其實是約翰・潘道頓今天想見見妳。我想，如果妳能來就太好了，所以雨一停就駕車來找妳了。妳願意去嗎？我會幫妳打電話通知家人，並在六點前帶妳回家。」

「我很樂意！」波麗安娜興奮地大叫，「我去問問波麗姨媽。」

幾分鐘之後，波麗安娜回到馬車前，她手上拿著帽子，但哭喪著臉。

「姨媽……不讓妳去嗎？」馬車開動後，醫生有些不好意思地問。

「不……不是，」波麗安娜嘆了口氣，「我猜，恐怕她是太想讓我去了。」

「太想讓妳去？」

波麗安娜接著又嘆了口氣。

「是啊，我猜她不想要我待在她身邊。她說：『好啊，好啊，快走，快走最好用跑的！真希望妳之前就不在這兒了。』」

醫生苦笑，他的眼神非常憂鬱。沉默了一陣子之後，醫生有些猶豫地問：

「幾分鐘之前，我從日光室窗戶看到的就是妳的姨媽？」

波麗安娜深吸了一口氣。

「是的，問題就是出在這裡。我幫她打扮完後，為她披上了一件我在閣樓發現的美麗披肩，最後還幫她別了一朵玫瑰，她看起來好迷人。您不覺得嗎？」

醫生停了一會才回答，但他的聲音低到波麗安娜只聽到零碎的字句。

「是啊，波麗安娜，我認為她看起來確實……相當迷人。」

「您也這麼覺得嗎？我真的好開心！我會轉告她的。」小女孩得意地點點頭。

沒想到醫生突然驚呼。

「千萬不要！波麗安娜，我恐怕得拜託妳絕對不要把我剛才說的話告訴她。」

「奇爾頓醫生，為什麼不能告訴她？我覺得您應該會覺得很開心……」

「但她可能會不開心。」醫生打斷她。波麗安娜想了一會兒。

「的確如此，她的確可能會不開心。」她嘆道，「我現在才想起來！她就是因為看到您才跑走的。而且她……她後來也有提到打扮成那樣被看到的事。」

「我也是這麼想。」醫生低聲地表示。

「但我還是不明白，」波麗安娜仍堅持己見，「……她當時明明好美！」

醫生沒回答。事實上，直到他們抵達約翰．潘道頓所住的那幢大宅第之前，他都沒再說過任何一句話。

十七、「就像一本書」

今天，約翰．潘道頓微笑著跟波麗安娜打招呼。

「噢，波麗安娜小姐，我想妳一定是個心胸寬大的孩子，否則妳今天就不會來探望我了。」

「為什麼這樣說呢？潘道頓先生。我很喜歡來探望您，我看不出來，過來探望您有什麼好讓我不高興的。」

「噢，這個，妳也知道，我過去對妳的態度不是很好，像是上次妳好心帶牛蹄凍給我，還有之前我摔斷腿那次，我都對妳很凶。對了，而且我都還沒有好好謝謝妳呢。可是，在我給妳碰了這麼多釘子之後，妳竟然還願意來看我。我舉了這麼多例子，我想現在妳應該可以接受，妳自己是個心胸寬大的孩子了吧。」

波麗安娜不安地移動身子。

「可是，我很高興當時我發現您受了傷，我的意思是，我並不是因為您摔斷腿而高興，而是因為我發現了您。」她趕緊補充一句。約翰．潘道頓微笑。

「我懂妳的意思，妳的舌頭偶爾會不聽話、講錯話，是嗎？波麗安娜小姐。總之，我要謝謝妳，謝謝那天妳為我所做的一切，這讓我覺得妳是個勇敢的小女孩。另外，我還要謝謝妳送來的牛蹄凍。」他輕聲地加上一句。

「您喜歡嗎？」波麗安娜感興趣地問。

「非常喜歡，不過我想，今天應該沒有……不是妳波麗姨媽送的牛蹄凍吧？」他問這句話時，嘴角帶著有點怪異的微笑。

他的小訪客看起來十分不安。

「沒……沒有，先生。」她猶豫了一下，紅著臉說，「噢，潘道頓先生，我跟您說牛蹄凍不是波麗姨媽送的那天，我其實不是故意要這麼沒禮貌的。」

潘道頓先生沒有回答，他臉上的微笑消失了，兩眼直直地看著前方，眼神像是穿透了他面前的物品，望著不知名的遠方。過了一會兒，他長嘆了一聲，轉向波麗安娜，當他開始說話時，他的聲音裡帶著跟之前一樣的緊張與焦慮。

「好了，好了，我們不能再這樣。畢竟，我可不是請妳過來看我愁眉苦臉的樣子。我跟妳說，如果妳到書房，也就是放著電話的那間大房間裡去，妳會看到在壁爐附近的那個角落，擺著一個玻璃門的大書櫃，書櫃下層放著一個雕花盒子。如果那個煩人的女人沒有『整理』房間，妳就會在書櫃下層找到那個盒子。麻煩妳把盒子拿來給我，我想對妳來說，應該不會太重。」

「噢，其實我很強壯呢。」波麗安娜一邊雀躍地說，一邊跑向房間。沒幾分鐘，她就帶著盒子回來了。

接著，波麗安娜度過了美好的半個小時。盒子裡面有許多新奇的小玩意，都是約翰．潘道頓這幾年去國外旅行所帶回來的東西。無論是從中國帶回來的那副雕刻精美的象棋，或是從印度帶回來的玉石神像，每個小玩意的背後都有個有趣的故事。

在聽完印度神像的故事後，波麗安娜若有所思地說：

「我猜，扶養印度小男孩可能比扶養吉米．賓恩還要好吧。因為印度小男孩以為神明住在小神像裡，所以如果扶養他們，他們才可以認識上帝。可是，吉米不一樣，他早就知道上帝是在天上。不過，我還是希望除了扶養印度小男孩之外，他們也可以考慮接受吉米．賓恩。」

不過，約翰．潘道頓似乎沒有聽到她的話，他直直地望著前方，眼神空洞。但很快地，他回過神來，拿起另一個古董玩意兒，繼續說著他的故事。

這趟拜訪確實十分愉快。除了雕花盒子裡的新奇小玩意之外，他們倆還聊了許多關於波麗安娜、南西，還有波麗姨媽的事。他們也聊了波麗安娜的生活，包括她那在遙遠西部小鎮的老家，以及在那裡度過的時光。

在波麗安娜準備起身離開前，一向嚴肅的約翰．潘道頓先生，用一種之前波麗安娜從來沒有聽過的溫柔聲音說：

「小女孩，我希望妳可以常常來探望我，妳能答應嗎？其實，我很寂寞，也很需要妳。不過，我希望妳常常過來，其實還有另外一個原因……我以後會告訴妳的。事實上，一開始在我知道妳是誰後，我曾希望妳不要再出現在我面前，因為，這會讓我想起……想起我花了好幾年想要忘掉的事情。我告訴自己，我不想要再看到妳了，所以每次醫生問我要不要請妳過來時，我都說不要。

「可是，過了一段時間，我發現我真的很想見妳，沒見到妳的時候，我反而更清楚地記得那些我一直想忘掉的事。所以，我希望妳能常常來看我，可以嗎？小女孩？」

「噢，當然可以，潘道頓先生。」波麗安娜說，她同情地看著這個面容憂傷的男人躺回枕頭上，「我很願意過來看您！」

「謝謝妳。」潘道頓先生溫和地說。

當天晚上，波麗安娜坐在後廊，把潘道頓先生的雕花盒、盒子裡那些新奇的東西，還有許多其他關於潘道頓先生的事，一股腦地全都跟南西說了。

「這麼說……」南西嘆了口氣，「他把所有的東西拿給妳看，還跟妳說了這麼多故事。他從來沒有跟別人說過這些，因為他的脾氣實在太壞了，所以都沒有跟別人好好相處過。」

「噢，不是的，他不是故意這麼不友善的，其實，他人很好呢。」身為潘道頓先生的朋友，波麗安娜毫不猶豫地為他辯護，抗議道：「我真不懂為什麼大家認為他很壞。如果他們認識他，就不會這麼認為了。不過，就連波麗姨媽也不喜歡他，她甚至不要送牛蹄凍給他。妳知道，她還很害怕他知道之前的牛蹄凍是她送的。」

「可能她認為自己對他沒有什麼義務吧。」南西聳聳肩，「不過，最讓我驚訝的是，他竟然這麼喜歡妳，波麗安娜小姐。噢，我並不是說妳不好，妳別誤會喔。不過，他絕對不是那種會喜歡小孩子的人，絕對不是。」

波麗安娜笑得燦爛極了。

「可是，他真的是啊，南西。」波麗安娜點點頭，「不過，我猜他應該不是一直都很喜歡小孩。因為，今天他還跟我承認，他之前不想再見到我，因為我讓他想起一些他很想忘記的事，不過後來……」

「是什麼事？」南西興奮地打斷波麗安娜，「他說，妳讓他想起一些他一直想忘記的事？」

「是啊，不過之後……」

「到底是什麼事？」南西鍥而不捨地追問。

「他只跟我說我讓他想起了一些事，不過沒有跟我說到底是什麼。」

「太神祕了！」南西說著，語氣裡滿是敬畏。「這就是為什麼他一開始就喜歡妳的原因啊。噢，波麗安娜小姐！這件事就跟很多故事書寫得一模一樣。我看過很多故事，像是《莫德夫人的祕密》、《遺失的繼承人》，還有《多年的躲藏》等等，這些故事裡都有一個大謎團，就像現在我們遇到的事一樣。我的天啊！現在就有一本書就這樣攤開在妳的眼前耶。這麼久以來，我竟然都沒有發現。現在，波麗安娜小姐，快把他說的事情仔仔細細地告訴我。這就對了！難怪他一開始就喜歡妳，難怪，難怪！」

「可是他之前沒有。」波麗安娜反駁，「一開始是我先跟他說話的。而且他一直都不知道我到底是誰。直到那天，我把牛蹄凍帶去給他，還跟他說，牛蹄凍不是波麗姨媽送的。他是那時候才知道我是誰，而且……」

南西突然拍了一下手，整個人跳了起來。

「噢，波麗安娜小姐，我知道，我知道，我就知道！」她欣喜若狂地喊道。下一秒，南西坐回波麗安娜身邊。「告訴我……妳現在仔細想想看，我想這個答案其實很清楚。」南西興奮地問，「他是不是在發現妳是波麗小姐的外甥女後，就說他不想再看到妳，是這樣嗎？」

「噢，對啊。上次見面時，我告訴他我是誰。他是今天才跟我說，他之前不想見我。」

「我就知道。」南西帶著勝利的語氣說，「而且波麗小姐不是不想送牛蹄凍給他嗎？」

「是啊，她不想。」

「然後妳告訴潘道頓先生，波麗小姐不想送東西給他？」

「噢，沒錯，我……」

「後來他就開始怪怪的了，而且，在發現妳是波麗小姐的外甥女後，他還驚訝地大叫，是嗎？」

「噢，是的，我送了牛蹄凍給他之後，他的確有點怪怪的。」波麗安娜承認，若有所思地皺起了眉頭。

南西舒了長長一口氣。

「我想我知道了，一定是這樣！聽著，潘道頓先生就是波麗・哈靈頓小姐的舊戀人！」南西鬼鬼祟祟地回頭瞥了一眼，激動地宣布她的結論。

「什麼?南西!他不是吧!波麗姨媽根本不喜歡他。」波麗安娜說。

南西給了她一個白眼。

「她當然不喜歡,因為他們大吵過一架啊!」

波麗安娜看起來還是一臉困惑,南西嘆了口氣,決定開始講這個故事。

「事情是這樣的。在妳來這裡之前,老湯姆告訴我,波麗小姐曾經有個戀人。我一開始根本不相信波麗小姐竟然有戀人!可是老湯姆跟我說,這是真的,而且波麗小姐的舊戀人現在就住在這個鎮上。現在我知道了,那個人就是約翰·潘道頓先生。妳看,他的一切不就是一個大祕密嗎?他不是把自己獨自關在大房子裡,都不跟別人說話嗎?而且在發現妳是波麗小姐的外甥女之後,他的反應不是也很奇怪嗎?他還說,你讓他想起一些他一直很想忘記的事。這樣一來,還有誰猜不到呢?他想忘記的人就是波麗小姐啊!再加上波麗小姐說,她絕對不會送牛蹄凍給他。這一切不是很明顯嗎?一定是這樣的,一定是!」

「這樣啊!」波麗安娜驚訝地瞪大了眼睛。「不過,南西,我覺得,如果他們兩人相愛,他們應該找個機會和好才對。這麼多年來,他們各自過著孤單的生活。我想,如果可以重修舊好,他們應該會很高興吧。」

南西不置可否地哼了一聲。

「波麗安娜小姐，我猜妳不是很了解情侶之間的事吧。無論如何，妳還太小了。如果有一天，開心遊戲對某些人沒有用，那麼一定就是吵架中的情侶了。潘道頓先生與波麗小姐就是這樣的人。潘道頓先生不就是常常生氣嗎？而波麗小姐不也是……」

南西突然意識到，跟波麗安娜講這些八卦事情似乎不太恰當，於是趕緊住嘴改口說：「波麗安娜小姐，我的意思是，如果妳能說服他們兩人玩開心遊戲，讓他們兩人和好，那就太好了。不過，大家一定會嚇一跳，潘道頓先生跟波麗小姐耶！不過，這機會應該不大啦。」

波麗安娜當下沒有說什麼，不過稍晚，她若有所思地走回屋裡。

十八、三稜鏡

溫暖的八月一天天過去了，這段時間，波麗安娜時常造訪潘道頓山丘上的大房子。不過，她並不覺得自己的到訪有多大用處。雖然潘道頓先生很希望她去探望他，所以常常派人去接她，但當她真的去了，他又鮮少因為她的造訪而變得比較開心，至少波麗安娜自己是這麼想的。

他會和她聊天，還會拿出一些像是書、圖畫及古玩等，許許多多美麗奇特的東西給她看。但他仍時常大聲抱怨對於自己的行動不便有多無助，而且他非常不喜歡家中某個人總是對他有諸多限制，因此常會對此人所訂下的「規定」直接表現出不耐煩及憤怒的情緒。不過，他似乎很喜歡聽波麗安娜說話，而波麗安娜也很愛說話，但與他聊天時，波麗安娜卻總是不敢抬頭看他，因為她不確定會不會一抬頭，又看到他躺在枕頭上一臉蒼白受傷的樣子。每當看到他臉上出現那樣的表情，她都會很難受；而她也無法確定是不是自己說錯了什麼，才會讓他臉上出現那樣的表情。雖然波麗安娜很想告訴他關於「開心遊戲」的事，也很想說服他一起玩，但她一直找不到機會說。她曾有兩次試圖想說，但她才剛提到父親，約翰．潘道頓就改變了話題。

波麗安娜現在已完全相信約翰．潘道頓就是波麗姨媽以前的戀人；而在她既忠誠又充滿愛的小小心靈中，她現在一心一意就是想透過某種方式，把快樂帶進他們孤單悲慘的生活中（至少在她眼中是如此）。

只是她現在還不知道該怎麼做。她曾和潘道頓先生多次聊到姨媽的事，他有時會安靜有禮地聆聽，但有時又會突然地暴怒，不過大多數時候，他嚴峻的臉上常是一副好像在聽什麼奇人異事的有趣表情。波麗安娜也會和姨媽講到潘道頓先生，但姨媽通常聽沒多久就會把話題帶開，而她也真的很厲害，總是可以找到別的話題來說。不過，姨媽真的還滿常這麼做，尤其是當波麗安娜提到某些人，例如奇爾頓醫生的時候。波麗安娜一直認為，這與奇爾頓醫生那天不小心撞見姨媽打扮過後、頭上別著小花、肩上披著蕾絲披肩的模樣有關。但波麗姨媽似乎真的特別討厭奇爾頓醫生，這是波麗安娜某天得了重感冒，被迫得關在家休息時發現的。

「如果妳晚上還沒好轉，我就會派人請醫生過來。」波麗姨媽說。

「真的嗎？那我的病情一定會惡化，」波麗安娜笑著說：「我希望奇爾頓醫生來看我。」

她說完才意識到姨媽的表情不知為什麼突然變了。

「波麗安娜，來的不會是奇爾頓醫生。」波麗小姐一臉嚴肅地說，「因為奇爾頓醫生不是我們的家庭醫生。如果妳病情惡化，我會派人去請華倫醫生。」

不過，波麗安娜的病情並沒有惡化，所以姨媽沒派人去請華倫醫生來。

「我還是很開心。」波麗安娜當晚對姨媽這麼說。「我當然很喜歡華倫醫生，還有其他所有的醫生，但我更喜歡奇爾頓醫生，如果他知道我生病沒找他，我怕他會覺得很受傷。姨媽，上次的事其實不能怪奇爾頓醫生，畢竟，我幫您打扮的那一天，他只是碰巧才會看到您。」她難過地企求姨媽的諒解。

「夠了，波麗安娜。我不想跟妳討論奇爾頓醫生，或者是他的感覺。」波麗小姐斷然地表示。

波麗安娜被喝斥後，先是難過地看著姨媽，之後又以饒富興味的眼光打量了她好一陣子，才嘆了口氣：

「波麗姨媽，我真的很喜歡看到您的雙頰像上次那樣粉紅透亮的樣子，但我同時也很想幫您整理頭髮。不如，波麗姨媽……」但她話還沒說完，姨媽早已不見蹤影了。

時序來到八月底的某一天，波麗安娜一大早就去拜訪約翰．潘道頓，卻發現藍色、金色、綠色、紅色、紫色等數道色彩繽紛的光束，就這麼橫列在他的枕頭上。她詫異地愣了幾秒便開心地大叫。

「潘道頓先生，這裡有一道小彩虹，竟然有一道真的彩虹進來拜訪您了！」她一邊讚嘆，一邊輕輕地拍著手。「噢噢噢，真是太美了！但這道彩虹是怎麼進來的？」她大叫。

約翰．潘道頓今天早上心情剛好特別差，他在看到波麗安娜的反應後，臉有些臭臭地笑了笑。

「我想，它應該是從窗戶上那個玻璃溫度計側邊的玻璃鏡片穿進來的吧。」他無精打采地說，「太陽平時照不到那裡，只有在早晨，陽光才會從那裡進來。」

「潘道頓先生，這實在是太美了！真的只要有陽光就能變出一道彩虹？天啊！如果是我，我就會把溫度計整天都掛在太陽照得到的地方。」

「妳的溫度計功用還真多啊。」男子笑著說。「但是，如果妳把溫度計整天掛在太陽下，妳怎麼知道天氣究竟有多熱或是有多冷？」

「我才不在乎。」波麗安娜深吸了一口氣，眼睛則始終迷戀地盯著枕頭上那幾道美麗的彩色光束。「如果能整天都看到彩虹，誰還會在乎溫度計上的數字。」

男子笑了笑，並好奇地看著波麗安娜專注的小臉蛋。突然，他腦中閃過一個想法，便搖一搖身邊的叫喚鈴。

「諾拉。」年長的女傭一出現，他立刻吩咐她：「妳去前面會客室的壁爐架上，拿一個銅製的大燭臺來。」

「好的，先生。」老婦人看起來有些摸不著頭緒，但她低聲應答後便離開了。不到一分鐘，老婦人再度回到房間。她滿腹疑問地走向床頭，伴隨著她的，是手中老式燭臺上環繞懸掛的稜鏡墜飾，因走動碰撞而製造出的叮咚音樂聲。

「謝謝妳，妳可以把它放在架子上。」男子指揮著。「現在再去拿一條繩子，把繩子綁在那扇窗戶的窗簾架上。先把窗簾拿下來，再把繩子沿著窗簾架拉直，並在兩端固定綁好。這樣就好了，謝謝妳。」老婦人按照他的指示把繩子懸掛在窗簾架上。

老婦人離開後，他笑咪咪地轉向一臉疑惑的波麗安娜。

「波麗安娜，現在麻煩妳幫我把燭臺拿過來。」

波麗安娜雙手把燭臺拿來並交給他。他一拿到燭臺，就把燭臺上的墜飾一個個地拆了下來，並把這十二個墜飾在床上排成一排。

「親愛的，如果妳真的想一直看到彩虹，現在就把這些墜飾掛到諾拉剛才掛上去的那條繩子上。我對彩虹沒興趣，不過既然妳想要，我們非變出一條彩虹不可。」

波麗安娜走到那扇正對著陽光的窗戶前方，把墜飾一個接著一個地掛上去。但她才掛不到三個，就開始看到一些微妙的變化。她興奮到手指不停地顫抖，好不容易才勉強把剩餘的墜飾全都掛上去。完成之後，她興奮地低呼了一聲，並後退了好幾步。

這個富麗堂皇但死氣沉沉的房間頓時變成人間仙境。到處都閃爍著紅色、綠色、紫色、橙色、金色，以及藍色的光影。牆上、地板上、家具上，甚至是床上，都可以看到各種顏色的光影一明一滅地跳躍舞動著。

「哇！這實在是太美了！」波麗屏息讚嘆著，過一會兒，她突然大笑了起來。

「我突然想到太陽公公現在是不是也在玩那個遊戲？」她開心地大叫，完全忘記潘道頓先生可能會聽不懂她說的話。「噢，我真希望我有一大堆這種墜飾！我好想把它們分送給波麗姨媽、史諾太太，以及其他很多人。我想，他們看到的時候，一定會很開心！我覺得如果能一直看到彩虹，就算是波麗姨媽也會高興到有想甩門的衝動，您不覺得嗎？」

潘道頓先生笑了笑。

「就我對妳姨媽——也就是波麗小姐的了解，我必須說，光是把幾個三稜鏡放在陽光下，恐怕不足以讓她高興到想甩門。不過，來，過來這裡，妳剛剛在說什麼？」

波麗安娜先是發愣地看了他幾秒，才恍然大悟地深吸了一口氣。

「喔，我忘了您不知道那個遊戲的事，現在我才想起來。」

「那麼妳就快告訴我吧。」

波麗安娜終於有機會可以和潘道頓先生說遊戲的事。她從一開始期盼得到洋娃娃卻收到柺杖開始說起，並把跟這個遊戲有關的事全都告訴了他。她一邊說，卻仍目不轉睛地盯著那些隨著窗邊迎風搖曳的三稜鏡而不斷跳動著的彩色光影。

「就是這樣。」她鬆了一口氣，「所以，現在您應該明白為什麼我會說太陽公公也在玩那個遊戲了。」

房間裡安靜了一陣子，才從床上傳來低沉顫抖的聲音：

「波麗安娜，我在想，或許妳就是世界上最好的三稜鏡了吧。」

「可是，潘道頓先生，陽光在我身上不管怎麼照，也變不出這麼美麗的紅色、綠色或紫色。」

「不會嗎？」男子微笑說道。波麗安娜則是一臉疑惑地看著他，不明白他的眼角為何含著淚水。

「當然不會啊！」她回答。但過了幾分鐘之後，她突然沮喪地說：「潘道頓先生，陽光在我身上唯一能照出來的，大概只有雀斑了吧。連波麗姨媽都說雀斑真的多了很多。」

男子笑了笑。波麗安娜再次望向他，卻覺得他的笑聲聽起來好像啜泣聲。

十九、意料之外

波麗安娜在九月開始上學了。她在先前的入學考試中拿到非常好的成績，顯示她的程度比同年齡的女孩要好上很多，她也很快就成為班上快樂的一分子，同學都是跟她年齡相同的男孩與女孩。

學校帶給了波麗安娜許多驚喜，當然，波麗安娜在很多地方，也常令老師跟同學感到吃驚。不過，他們很快就建立起深厚的友誼。波麗安娜也向波麗姨媽坦承，上學其實也是生活的一部分，雖然她之前並不這麼認為。

儘管波麗安娜對自己的新生活很滿意，但是她沒有忘記她的老朋友們。雖然，她現在沒辦法分很多時間給他們，不過一有空，她還是盡量找出時間陪伴他們。不過，看起來，對於波麗安娜開始上學這件事，潘道頓先生是所有人裡面最不習慣的一個。

一個星期六午後，當他們倆在書房裡談天時，潘道頓先生跟波麗安娜提起了一件事。

「波麗安娜，妳有沒有想過要搬過來跟我一起住呢？」他有點焦急地問，「現在這個樣子，我總是見不到妳。」

波麗安娜笑了起來，心想，潘道頓先生真是個有趣的人。

「我以為您不喜歡跟別人一起住呢。」波麗安娜說。潘道頓先生做了一個古怪表情。

「噢，在妳跟我介紹那個遊戲之前，我是不喜歡跟別人一起生活。不過，現在我希望有人可以在我身旁無微不至地照顧我。不過沒關係，我過幾天就可以自己走路了，到時候就要看看是誰去找誰囉。」他撿起身旁的枴杖，開玩笑地朝著波麗安娜揮了揮。

「噢，可是，您還是沒有在生活中找到讓您開心的事，您只是嘴上說自己很高興而已。」波麗安娜嘟著嘴說，眼睛看著在壁爐前打盹的小狗。「您從來沒有好好玩這個遊戲，潘道頓先生，您自己心裡也知道這件事。」

潘道頓先生的臉突然變得很嚴肅。

「這就是我需要妳的原因啊，小女孩……我需要妳陪我玩這個遊戲。妳會答應吧？」

波麗安娜訝異極了。

「潘道頓先生，您的意思該不會是……？」

「沒錯，我希望妳可以過來跟我一起住。妳會來吧？」波麗安娜看起來一臉苦惱。

「噢，潘道頓先生，我不行……您知道我沒辦法。因為，我是波麗小姐的外甥女啊！」

男人的臉上閃過一絲波麗安娜不太了解的神情，他猛的抬起頭。

「妳可不僅是她的外甥女而已……或許她會讓妳過來跟我一起住。」他溫和地說完最後一句話，「如果她答應的話，妳會過來嗎？」

波麗安娜皺眉陷入沉思。

「可是波麗姨媽對我非常好，」她慢慢地說：「而且在我身邊只剩下婦女勸助會的義工陪伴時，是波麗姨媽接納了我，況且……」

男人的臉又抽動了一下。不過，這次他開口時，他的聲音變得低沉且哀傷。

「波麗安娜，很久以前，我曾經深愛過一個人。我希望有天，我能夠帶她到這棟房子來。我編織過許多美好的畫面，希望我能夠跟她一起在這個家快樂地生活著，直到永遠。」

「原來是這樣啊。」波麗安娜惋惜地說，眼中閃著同情。

「可是……後來，我沒有帶她到這裡來，至於為什麼，現在已經不重要了。總之，我當時沒有帶她到這裡來。所以，對我而言，這棟灰色石頭砌成的屋子就僅僅是棟房子，它永遠不會是個家。一個家，需要一個女人勤奮的雙手，還有她真誠的愛，或是有個孩子。一旦有了這些，房子才能夠算是個家。而我現在什麼都沒有。在聽完這些之後，親愛的波麗安娜，請問妳會答應我的請求嗎？」

波麗安娜一下子跳了起來，她的臉龐因興奮而發光。

「潘道頓先生，您的意思是說，您希望能擁有一個女人勤奮的雙手，還有真誠的愛嗎？」

「什麼？是啊，波麗安娜。」

「噢，我太高興了，這樣就太好了！」小女孩說：「現在，您可以把我們兩人一起接過來了，這樣就太棒了。」

「接……妳們兩個……一起過來？」男人疑惑地重複波麗安娜的話。波麗安娜臉上浮現一絲困惑。

「噢，當然，波麗姨媽現在還沒被說服，不過我相信，如果您用剛才邀請我的方式去邀請她，她一定會答應的。到時候，我們兩個就可以一起到您這裡來了。」

男人眼神充滿了驚恐。

「妳的波麗姨媽到……這裡來！」

波麗安娜的眼睛驚訝地稍稍睜大。

「還是說您願意到波麗姨媽那裡去住呢？」她問，「當然，我們的房子沒有您的漂亮，不過，它比較靠近……」

「波麗安娜，妳到底在說些什麼啊？」男人溫和地追問。

「噢，當然是在說，未來我們該住哪裡囉。」波麗安娜回答，對於潘道頓先生這樣問，顯得有點吃驚。「我以為您說要來這邊住啊。而且您說，這麼多年以來，您一直希望能擁有波麗姨媽那雙勤勞的雙手，還有滿滿的愛，並且跟她共組一個家庭，還有……」

男人從喉嚨發出一聲含糊不清的聲音。他舉起手並張開嘴準備說點什麼，但下一刻又把手放下來，讓它有氣無力地垂在身體的一側。

「先生，醫生到了。」女傭站在門口說道。波麗安娜立刻站了起來。

約翰．潘道頓激動地轉向波麗安娜，低聲懇求著。

「波麗安娜，拜託，看在老天的分上，千萬別跟任何人提起我剛剛跟妳說的事。」波麗安娜燦爛地笑著，臉上還有小酒窩。

「當然不會，難道我不知道您想親自告訴她嗎？」她轉頭開心地跟他說。

約翰・潘道頓跌坐回椅子上。

「怎麼了？發生什麼事了？」醫生邊問邊把手指搭在潘道頓先生的手腕上，他的病人脈搏跳得飛快。

潘道頓先生的唇邊擠出一絲苦笑。

「我猜，大概是因為藥的劑量太強了吧。」他一邊笑著說，一邊看著醫生目光所及的波麗安娜逐漸遠去的小小身影。

二十、更驚人的發現

星期天的早晨，波麗安娜通常會上教堂和去主日學校，下午則多半會和南西一起散散步。而這個星期六，她在下午拜訪過潘道頓先生後，本來計畫隔天要和南西一起去散步，但在從主日學校回家的途中，卻意外遇見奇爾頓醫生，醫生駕著馬車從後方趕上她之後，便把馬車停了下來。

「波麗安娜，不如讓我送妳回家。」他提議。「我有話想跟妳說，正要駕車去妳家找妳。」波麗安娜坐上馬車後，他繼續說道：「潘道頓先生特別邀請妳今天下午一定要去他家。他說是很重要的事。」

波麗安娜開心地點點頭。

「沒錯，我知道是很重要的事。我會過去的。」醫生有些訝異地看著她。

「我不確定該不該讓妳去。」他眨眨眼表示。「這位小姐，妳昨天似乎不但沒有發揮安慰的效果，反而還讓他更煩躁。」波麗安娜聽完後大笑。

「昨天其實不關我的事，真的。其實是波麗姨媽的緣故。」醫生聽了嚇一跳地轉過頭來。

「妳……姨媽！」他驚呼。

波麗安娜興奮地在座位上小小跳了一下。

「是啊。這件事情好精采、好動人，就像書中的故事情節一樣。我……我先告訴您好了。」她匆促地做了決定，便脫口而出，「他要我不要告訴別人，但他一定不介意讓您知道，因為他是要我不要和她說。」

「她？」

「是啊，就是波麗姨媽。他當然不希望我代替他說，而是想自己親口告訴她，情侶不都是這樣嗎？」

「情侶！」醫生說這兩個字時，拉著車的馬兒，就好像韁繩突然被拉緊一般激烈地躍起。

「是啊，」波麗安娜開心地點點頭，「那就是最戲劇化的部分。我是一直到南西告訴我才知道的。她說波麗姨媽多年前曾有過一個戀人，但兩人後來吵架分手了。她一開始不知道那個人是誰，但我們後來發現那個人就是潘道頓先生。」

醫生突然鬆了一口氣，緊握韁繩的手則無力地落在自己的大腿上。

「喔，是喔。我……我不知道。」他平靜地說

由於就快抵達哈靈頓莊園，波麗安娜趕緊接著說：

「沒錯，就是他，所以我現在好開心。他向我敘述這件事的時候，真的很動人。一開始是潘道頓先生問我是否願意搬去和他一起住，但我當然不願意就這樣離開波麗姨媽，畢竟她一直對我這麼好。於是他就告訴我，他在多年之前曾經很渴望牽起某個女子的手，並擁有她的芳心，而我也發現他的心意到現在仍然沒有改變。我真的太開心了！要是他能和姨媽和好，一切都會變得很圓滿，我和波麗姨媽可以一起搬去和他住，或者是他搬來和我們一起住。不過，整件事情波麗姨媽目前還不知情，很多細節還沒安排好。我想，正是因為如此，他才邀我今天下午去他家，一定是這樣。」

這時醫生突然端坐起來，臉上帶著詭異的微笑。

「是啊，我可以想像得到潘道頓先生為什麼急著見妳了，波麗安娜。」他點著頭，同時在大門口前把馬車停了下來。

「波麗姨媽正站在窗戶那裡。」波麗安娜大叫，但她隨即又說：「咦？她沒在那裡——我以為我剛才看見她了。」

「沒有，她現在……不在那裡。」醫生臉上的笑容突然消失無蹤。

當天下午，波麗安娜發現約翰．潘道頓非常緊張的在等著她。

「波麗安娜，」他一見她，立刻迫不及待地問道：「昨天聽完妳的話，我想了一整晚，妳說我這些年來一直渴望牽起妳姨媽的手，並想要擁有她的芳心到底是什麼意思？」

「因為你們曾是戀人啊！我好開心你到現在仍是這麼喜歡她。」

「戀人！妳姨媽和我？」

看到對方吃驚的樣子，波麗安娜疑惑地張大了眼睛。

「難道不是嗎？潘道頓先生，南西說您是。」男子乾笑了幾聲。

「原來是這麼一回事。我恐怕得告訴妳，南西什麼也不知道。」

「那麼，你們……不是戀人？」波麗安娜沮喪地說。

「從來都不是！」

「所以跟書中的情節不一樣？」

男子沒有回答，他只是悶悶不樂地看著窗外。

「噢，天啊，一切本來是這麼的完美。」波麗安娜幾乎要哭出來了。「我原本還開開心心地打算和波麗姨媽一起搬過來。」

「所以妳現在……不願意搬來和我住？」男子目光仍望著窗外。

「當然不行！我是波麗姨媽的。」

男子激動地轉過頭來。

「波麗安娜，在妳成為她的之前，妳是屬於妳母親的。我說過，我在多年以前曾經非常渴望牽起某個女子的手，並擁有她的芳心，而我所說的這名女子，正是妳的母親。」

「我的母親！」

「是的，我本來沒打算告訴妳，但或許……現在告訴妳也好。」約翰・潘道頓的臉色蒼白，說話時明顯有些難以啟齒，波麗安娜則是目瞪口呆地看著他。「我很愛妳的母親，但她……並不愛我。一直到後來她跟著妳父親離開了，我才知道自己有多在乎她。她離開之後，整個世界就像是陷入一片黑暗，而我……算了，還提這些做什麼，妳別放在心上。波麗安娜，雖然我還不到六十歲，但這些年來，我變成一個脾氣暴躁、性格乖張、不可愛，也沒人愛的老頭。直到有一天，有一個小女孩，蹦蹦跳跳地闖進了我的生活。小女孩，妳明亮樂觀的性格，就像是妳最愛的三稜鏡一樣，為我陰鬱、未老先衰的世界帶來紫色、金色、紅色等各種鮮明的色彩。在我知道了妳的身分後，我曾以為自己永遠不想再見到妳，因為我不希望再想起……妳的母親。但是，後來……後來的情形妳都知道了。我不能沒有妳，所以現在，我希望妳能一直待在我身邊。波麗安娜，妳現在是否願意搬來和我一起住？」

「潘道頓先生，我……那波麗姨媽怎麼辦？」波麗安娜的視線因淚水而變得模糊不清。

男子急著追問。

「那我呢？沒有妳，我怎麼開心得起來？波麗安娜，自從妳出現後，我才開始體會到生活中的些許樂趣。如果妳能成為我的孩子，我將會為生活中的每一件小事感到開心。親愛的孩子，我也會努力讓妳開心。我會滿足妳所有的願望。而我也會用我所有的錢，讓妳過著快樂的生活。」

波麗安娜一臉震驚。

「潘道頓先生，我絕對不會讓您把為異教徒省下來的錢花在我身上。」

男子的臉迅速脹紅，他想繼續說下去，卻被波麗安娜打斷。

「更何況，像您這麼有錢的人，根本不需要我，生活就可以過得很開心。您可以送東西給別人，讓別人開心，您就會不由自主地感到開心了。想想您送給我和史諾太太的三稜鏡、南西生日時送她的金飾，還有……」

「好了，好了，別再提那些事。」男子打斷她。他的臉現在非常地紅，不過這也難怪，因為約翰．潘道頓過去向來不是個會「送東西」的人。「而且這全是胡說八道！那根本不算什麼。更何況這些人都是因為妳才會收到禮物。所以送禮物的是妳，不是我！沒錯，是妳送的才對。」看著她一副震驚想否認的表情，他不斷重複強調事實就是如此。「而且，這一切只是在在證明我有多麼需要妳，小女孩。」他語氣又再度軟化為溫柔的懇求。「波麗安娜，如果妳希望我玩那個『開心遊戲』，那就請搬來和我一起住，陪我一起玩。」

小女孩為難地苦著一張臉。

「波麗姨媽一直對我那麼好。」她一開口，男子立刻打斷她。他似乎又回到從前暴躁易怒的老樣子。個性急躁、無法容忍不同的意見，一直是約翰．潘道頓長久以來的性格缺陷，想要克制真的沒那麼容易。

「她當然會對妳好！不過，她並不想要妳，我敢保證，她想要妳的程度連我的一半都不到。」他反駁。

「潘道頓先生，我知道她很開心能收養……」

「開心？」男子再次打斷她，這時他已完全失去耐心。「我敢打賭波麗小姐根本不知道『開心』這兩個字怎麼寫。我知道，她做任何事不過就是在盡自己的責任而已。她是個很有責任感的人，我以前就曾見識過她所謂的『責任感』。過去這十幾二十年來，我們雖然稱不上是朋友，但我了解她，事實上，每個人都知道她不是一個『開心』的人。波麗安娜，她根本不知道怎麼當一個『開心』的人。至於要搬來和我一起住的事，妳只要問問她，就知道她是不是真的會不讓妳來。而且，小女孩啊小女孩，我真的很想和妳一起生活！」他近乎哀求地說著。

波麗安娜起身並大大地嘆了一口氣。

「好吧，我會問問她。」她為難地說，「當然，我並不是不想搬來和您住，潘道頓先生，只不過……」她沉默了幾秒鐘後才繼續：「無論如何，我很慶幸昨天沒和她說這件事……因為我以為她也會願意。」

約翰．潘道頓嚴肅地笑了笑。

「是啊，還好妳也沒把這件事對別人說。」

「我沒對別人說……只有對醫生說；不過醫生當然不是別人。」

「醫生！」約翰．潘道頓臉色大變，「妳說的醫生……該不會是奇爾頓醫生吧？」

「是啊，他來找我說您想見我時說的。」

「太好了，這麼多人不說，偏偏……」男子喃喃自語跌坐在椅子上。不一會兒，他突然興味盎然地端坐起來問道：「奇爾頓醫生說了什麼？」波麗安娜皺著眉頭想了一下。

「我不記得了。印象中，他沒說什麼。噢，他說他可以想像您為什麼急著見我。」

「喔，他真的這麼說。」約翰．潘道頓答道，不過令波麗安娜不解的是，為什麼潘道頓先生會露出如此詭異的微笑。

二十一、問題解決了

從約翰·潘道頓家離開後，波麗安娜快步往山下走去。此時，天色突然暗了下來，午後雷陣雨似乎馬上就要來了。走到一半，波麗安娜看到南西帶著一把傘迎面朝她走來。不過，這時烏雲好像已經飄到別的地方去，看起來暫時是不會下雨了。

「烏雲看起來往北邊去了。」南西一邊說，眼睛一邊盯著天空。「就跟我猜的一樣，儘管我總是猜得很準，但是波麗小姐還是堅持要我送傘來給妳。她很擔心妳。」

「真的嗎？」波麗安娜心不在焉地說，眼睛望著那些雲。南西小小地哼了一聲。

「妳似乎沒聽到我剛才說什麼。」南西有點憤憤不平地說，「我剛剛說妳姨媽很擔心妳耶！」

「噢。」波麗安娜一想到她等會兒就得問波麗姨媽那個問題，忍不住嘆了一口氣。「對不起，我不是故意要讓她擔心的。」

「其實，我很開心。」出乎意料地，南西這麼說。「真的很開心。」波麗安娜瞬大眼睛看著南西。

「妳是說，因為波麗姨媽擔心我，所以妳覺得開心嗎？為什麼呢？南西，開心遊戲不是這樣玩的，為這樣的事情感到高興，根本不是在玩開心遊戲。」波麗安娜反對。

「我不是在玩遊戲啊，」南西解釋，「我從來沒有這樣想過。不過，孩子，妳似乎不了解波麗小姐擔心妳這件事有什麼意義。」

「什麼意思？擔心就是擔心啊，擔心的感覺很糟糕的。」波麗安娜還是堅持自己的看法，「難道，擔心還會是好事嗎？」

南西抬起頭。

「讓我來告訴妳吧。她會擔心妳，表示她越來越像一般人了……也就是說，她現在所做的事，不是只在履行她的義務而已。」

聽完南西的話，波麗安娜吃驚地抗議著，「可是，南西，波麗姨媽相當重視她的義務，她是個非常有責任感的女人。」不知不覺，波麗安娜用潘道頓先生半小時前說過的話來形容波麗姨媽。

南西偷偷笑了起來。

「噢，妳說得沒錯，我想她以前真的是這個樣子。不過，自從妳來了之後，她就不只是在履行義務而已了。」

波麗安娜臉色變了，她煩惱地皺起眉頭。

「噢，南西，我就是想要問妳這個。」她嘆了口氣。「妳覺得，波麗姨媽喜歡跟我一起住嗎？如果我有天不住在這裡了，她會不會介意呢？」

南西快速地瞥了小女孩專注的臉龐一眼。其實，她早就猜到，有一天波麗安娜會問這樣的問題。不過在今天之前，南西總是提心弔膽，不知如何招架這個問題。因為她一直在思考，到底該怎麼說才能誠實地回答問題，又不會傷到波麗安娜的心。不過，因為今天下午送雨傘事件的關係，南西覺得事情的發展已經不太一樣了，所以，她現在很樂意回答這個問題。她也確定，今天她的回答，可以讓這個渴望得到關愛的小女孩放下心中的大石頭。

「她喜歡妳住在這裡嗎？妳如果不住在這裡，她會想念妳嗎？」南西有些忿忿不平地大聲問。「這個我剛剛不是才跟妳說過嗎？今天看到天上有一點烏雲，她不就馬上叫我送傘來給妳了嗎？她不是讓我把妳的東西搬到樓下，讓妳擁有一間妳夢寐以求的房間嗎？噢，波麗安娜小姐，如果妳還記得，她一開始是多討厭……」

南西咳了一下，即時讓自己到嘴邊的話吞回去。

「而且還不只這些我做過的事。」南西趕緊喘著氣說，差點就喘不過氣了。「妳讓她變得溫和多了，像是那些小貓、小狗啊，還有她對我說話也和善多了，當然還有很多事。噢，波麗安娜小姐，聽完這些，我可以跟妳說，如果有天妳不住在這裡，她一定會很想念妳。」南西帶著熱切的表情，一口氣說完這些，想藉此掩飾剛剛那些差點不小心說出口的話。不過，她沒有料到，聽完這些話之後，波麗安娜臉上竟然出現欣喜若狂的表情。

「噢，南西，我太……太……太高興了！聽到波麗姨媽喜歡跟我住，妳不知道我有多開心啊！」

「我才不想要離開波麗姨媽呢！」稍晚回到家後，波麗安娜一邊走上通往她房間的小樓梯，心裡邊想：「我自己一直都很喜歡跟波麗姨媽住在一起，不過我也沒想到，自己是這麼地希望波麗姨媽也想要跟我住在一起。」

不過，波麗安娜也不免擔憂，因為要把這個決定告訴潘道頓先生，並不是一件容易的事。同時，看到潘道頓先生把自己弄得鬱鬱寡歡，她也十分替他難過。這位先生這麼多年以來一直活在憂傷裡，而造成這一切的人就是自己的媽媽，這讓她覺得很對不起他。波麗安娜完全可以想像，在潘道頓先生康復之後，那棟漂亮的灰色房子會變成什麼樣子。寂靜的房間、布滿灰塵的地板，還有凌亂的書桌。想到他的孤獨，波麗安娜的心都揪在一塊了。要是能在某個地方，找到某個人可以……想到這裡，波麗安娜腦海中突然靈光一閃，於是她開心地轉身，準備把這個想法跟潘道頓先生分享。

波麗安娜以最快的速度匆匆上山，一路跑到了潘道頓先生家，很快地就來到了那間寬敞但昏暗的書房。潘道頓先生坐在椅子上，修長的手臂無力地放在扶手上，他那隻忠心耿耿的小狗就趴在他的腳邊。

「怎麼了？波麗安娜，妳是來陪我玩開心遊戲的嗎？以後也都會陪我一起玩嗎？」男人問道，語氣相當溫和。

「噢，對啊。」波麗安娜喊著，「其實，我想到可以讓您超級開心的事了。而且……」

「這件事跟妳有關嗎？」約翰．潘道頓表情有點嚴肅地問道。

「沒……沒有，可是……」

「波麗安娜，妳該不會是要拒絕我吧！」他激動地打斷波麗安娜的話。

「我不得不這樣做啊，潘道頓先生，真的沒辦法。波麗姨媽……」

「她不讓妳……過來嗎？」

「我沒有問她。」小女孩支支吾吾地說，看上去十分難過。

「波麗安娜！」

波麗安娜轉開了頭，因為她無法直視那個受傷又哀痛的眼神。

「妳甚至沒有問過她！」

「我做不到，先生……真的。」波麗安娜的聲音顫抖著。「我不需要問也知道答案，波麗姨媽是希望能跟我一起住的，況且我也想跟她住在一起。」她勇敢地把自己的想法說了出來。「您不知道她對我有多好，而且我覺得，她現在已經可以因為生活中的小事而感到開心，您也曉得她以前從來沒有這樣過，這件事您也提過。噢，潘道頓先生，我現在真的不能離開波麗姨媽啊，現在真的不行。」

房間裡陷入一段很長的沉默，只剩下壁爐裡柴火燃燒的劈啪聲。最後，男人打破沉默。

「波麗安娜，我了解了。妳現在不能離開她，我之後不會問妳了，再也不會了。」雖然他最後一句話說得極輕，可是波麗安娜還是聽到了。

「噢，不過您不曉得還有其他事情呢。」她熱切地說著，「還有件事可以讓您開心起來，真的可以！」

「我想我高興不起來，波麗安娜。」

「會的，這是為您特別準備的。您說過，只有女人勤奮的雙手，加上她滿滿的愛，或是有個孩子，這樣才算是個家。我可以為您做到，我可以帶一個孩子來給您……不是我自己，是另外一個孩子。」

「說得好像除了妳之外，我還會喜歡其他孩子似的。」男人憤慨地說。

「噢，您會喜歡的。因為您是這麼善良仁慈。想想您送給別人的那些稜鏡跟金幣，還有那些您省下來留給異教徒的錢，還有……」

「波麗安娜，」男人粗魯地打斷她的話，「讓我們一次把事情說清楚！我已經告訴妳很多次了，我從來沒有為異教徒省下我的錢，也沒有捐錢給異教徒過，從來沒有！就是這樣！」

他抬起下巴，以為自己會看到波麗安娜失望的神情。不過，出乎意料之外，波麗安娜一點都不覺得難過或是失望，反而十分驚喜。

「噢，噢！」她拍手大喊，「我真是太高興了！我是說……」她紅著臉困窘地解釋，「我不是說我不為那些異教徒感到遺憾，只是，我很開心您不喜歡印度小男孩。因為啊，其他人都比較喜歡他們。不過，我很開心您願意接受吉米．賓恩。現在，我知道您一定會收留他的。」

「收留……誰？」

「吉米．賓恩。他是個小孩子，您知道的。而且他一定很開心能做您的孩子。

上星期，當我告訴他婦女勸助會的人不肯收留他的時候，他看起來失望極了。不過現在，如果他聽到您願意接受他，一定會很高興的。」

「他會很高興，是嗎？不過，我可不高興。」男人堅定地說。「波麗安娜，這根本是一派胡言！」

「您是說，您不會接受他？」

「就是這個意思。」

「可是，他是一個非常可愛的孩子。」波麗安娜結結巴巴地說，她差點就要哭出來了。「如果有吉米在您身邊，您就不會這麼寂寞了。」

「這我倒是不否認。」男人回答，「不過，我寧願一個人孤孤單單的。」

這時，波麗安娜突然想起幾週前南西曾經跟她說過的那件事，她憤憤不平地抬起下巴。

「或許您覺得一個活生生的小男孩，比不上一副骷髏，可是我倒覺得，小男孩比骷髏要好得多了。」

「骷髏？」

「是啊！南西說您藏了一副骷髏在櫃子裡，就在某個地方。」

「什麼？」突然，男人把頭往後仰，大笑了起來。他笑得十分痛快；但另一邊，波麗安娜則是緊張到快要哭出來了。看到波麗安娜的樣子後，約翰・潘道頓先生趕緊坐直身子，表情一下子嚴肅了起來。

「波麗安娜，我猜妳是對的……妳說得沒錯。」他溫和地說。「事實上，我也了解，一個活生生的小男孩絕對比我櫃子裡的骷髏要好得多了。只是有時候，我們不是這麼想要改變。我們總是堅持選擇那副骷髏啊，波麗安娜。不過，多告訴我一些關於那個可愛小男孩的故事吧。」於是，波麗安娜跟他說了許多關於吉米的故事。

或許是剛剛那場大笑的緣故，房間裡的氣氛變好了，又或是因為波麗安娜滿懷希望所講的故事，打動了潘道頓先生那顆漸漸柔軟的心。不管是什麼原因，總之，波麗安娜當晚回家時帶回了一個好消息。那就是，潘道頓先生邀請吉米・賓恩，還有波麗安娜，在下個星期六下午一起到他家去做客。

「我好開心喔，我知道您一定會喜歡他的。」波麗安娜邊說邊跟潘道頓先生道別，「您知道，我真的好希望吉米・賓恩能夠擁有一個家，還有真正在乎關心他的家人。」

二十二、布道詞與薪柴箱

就在波麗安娜向約翰・潘道頓提議收養吉米・賓恩的那個下午，保羅・福特牧師上了山，並進入潘道頓森林，他期盼上帝所創造的大自然靜謐之美，能撫平祂的子民心中紛亂的情緒。

保羅・福特牧師的心情非常煩躁。已有將近一年的時間，他的教區的狀況日復一日、月復一月地每況愈下；現在的情況似乎是無論他做什麼，總是會遇到爭執、中傷、醜聞及嫉妒等各種紛擾。雖然處理這些紛爭的過程中，他總是滿懷希望地誠心祈禱，也曾試過規勸、懇求、訓誡，甚至是不予理會等各種方法，但時至今日，他也不得不悲痛地承認，這些紛擾不但沒有平息的跡象，反而越演越烈。

他的兩名執事為了一件愚蠢的小事，兩人搞得整天爭鋒相對、劍拔弩張。他身邊三名最出色活躍的女性工作人員，也因為一些愛嚼舌根的人，把一些微不足道的小流言，煽風點火成殺傷力極大的醜聞而退出了婦女勸助會。唱詩班又因為把獨唱的部分指定給一個受歡迎的成員，而弄得分崩離析。甚至連基督教勉勵會，也因為兩名高層人員的公開批評，讓人感覺到內部有一股不安的氣氛正在醞釀。而主日學校校長及兩名教師的辭職，則是壓倒駱駝的最後一根稻草，心煩意亂的牧師無計可施，只好來到這安靜的樹林，獨自進行祈禱及冥想。

眾多樹木形成的拱形綠蔭之下，保羅．福特牧師得以坦誠地面對眼前的這些問題。他知道危機已經到來。他非得做些什麼才行，而且要快，再遲就來不及了。目前教會所有的工作都呈現停滯狀態。參與教會活動的人也越來越少了，無論是主日禮拜、平日的祈禱會、神職人員茶會，甚至是晚餐會和交誼會，參與人數都呈直線下滑的趨勢。雖然的確有一些工作人員盡責地留了下來，但他們經常意見不合且爭執不斷，而且面對別人批評的目光及閒言閒語，總是毫不掩飾地表現出自己的敵意。

而正是這一切讓保羅．福特牧師清楚了解到，自己（神職人員）、教會、整個小鎮，甚至是整個基督教正遭受著苦難；而且再不做點什麼，之後必定會遭受更多的苦難。

毫無疑問地，他必須盡快做些什麼，但究竟該做些什麼？

牧師緩緩地從口袋中拿出一張紙，那是他為下星期日擬的布道詞。他先是眉頭緊皺地看著這份布道詞，接著牙關一咬，便開始慷慨激昂地大聲朗頌了這篇布道詞：

「虛偽的經學家和法利賽人哪，你們有禍了！你們在人面前關了天國的門，自己不進去，連正要進去的人，你們也不准他們進去。

「虛偽的經學家和法利賽人哪，你們有禍了！你們吞沒了寡婦的房產，假裝做冗長的禱告，所以你們必受更重的刑罰。

「虛偽的經學家和法利賽人哪，你們有禍了！你們把薄荷、茴香、芹菜，獻上十分之一，卻忽略律法上更重要的，就如正義、憐憫和信實；這些更重要的是你們應當做的，但其他的也不可忽略。」

這是措詞非常強烈的譴責。牧師低沉嘹亮的聲音，在樹木環繞、綠草如茵的環境中迴盪，聽起來格外嚴厲。連鳥兒與松鼠似乎也被震懾到不敢發出一點聲音。牧師彷彿身歷其境地體驗到，當他下星期日在神聖肅靜的教堂裡大聲朗讀這些文字時，對眼前的信眾會有多大的殺傷力。

這些人可都是他教區的信眾！他能這麼做嗎？他敢這麼做嗎？他又怎敢不這麼做？雖然這篇布道詞完全節錄自《聖經》，沒有加上任何自己的話語，但仍聽得出來這篇布道詞表達出非常嚴厲的譴責意味。他一遍又一遍地祈禱，誠心祈求神的幫助與引導。他多麼渴望，渴望在這次的危機中不要走錯任何一步。但他這一步真的走對了嗎？牧師慢慢地把那張紙摺好塞回口袋之後，悲嘆了一聲，便雙手掩面跌坐在樹下。波麗安娜在從潘道頓先生住處回家的途中發現了他，她低呼了一聲便跑上前去。

「福特先生，您……您不會也把腿摔斷了吧？還是傷在別的地方？」她氣喘吁吁地問。

牧師急忙放下掩面的手並抬起了頭，努力試著擠出一點笑容。

「沒事，親愛的……我真的沒事！我只是在……休息。」

「呼——」波麗安娜鬆了一口氣。「沒事就好。不過，仔細想想也是，潘道頓先生摔斷腿被我發現的時候，他是躺著的，而您現在是坐著的。」

「是啊，我是坐著的；我沒摔傷，也沒有任何醫生可以治療的地方。」牧師越說越小聲，波麗安娜意識到他的不對勁，眼神透露出同情的目光。

「我想您的意思是……有事情困擾著您吧。我爸爸很多時候也會像您一樣。我想牧師普遍都會有相同的感受吧。畢竟有太多事情需要仰賴他們的決定。」

保羅．福特牧師有些驚訝地轉過頭來。

「波麗安娜，妳的爸爸也是牧師嗎？」

「是的，牧師先生。您不知道嗎？我爸爸娶了波麗姨媽的姊姊，我以為每個人都知道這件事。」

「原來如此。不過，因為我來到這裡沒幾年，所以不清楚每個家庭的背景。」

「是的，牧師先生……我的意思是，沒錯，的確不是每個人都知道，牧師先生。」波麗安娜笑著說。

之後兩人誰也沒再開口，就這麼靜默了好長一段時間。牧師似乎忘了波麗安娜的存在，就這麼一直靜靜地坐在樹下。他從口袋抽出了幾張紙並把它們打開；不過，他的目光並未看向這些紙張，反而一直盯著一小段距離外地上的一片葉子，而那甚至稱不上是片美麗的葉子，不過是片枯黃、失去生命力的葉子。波麗安娜看著他，心裡隱約地為他感到難過。

「今天……今天天氣真的很不錯。」她懷抱著希望率先打破沉默。牧師一開始沒有回應，而是過了一會兒才嚇了一跳地抬起頭來。

「什麼？噢！……是啊，今天天氣很好。」

「而且雖然現在是十月，卻一點也不冷。」波麗安娜仍是滿懷希望地觀察著牧師的每一個反應。「潘道頓先生有一個壁爐，但他說他不怕冷，不需要那種東西，所以那單純是用來觀賞的。我好喜歡看壁爐點燃時的樣子，您喜歡嗎？」

雖然波麗安娜非常有耐心地等待牧師的回答，但這次牧師卻沒有任何回應。於是她換了一個方式提問。

「您喜歡當牧師嗎？」

保羅．福特牧師這次則是很快地抬起了頭。

「妳問我喜歡當……這真是一個奇怪的問題。親愛的，為什麼會這麼問？」

「不為什麼……只是您現在的樣子讓我想起我的爸爸。他以前有時候也會這樣。」

「是嗎？」牧師雖然好像有在聽，但他的目光又回到地上那片乾枯的葉子。

「是啊，我以前也曾問過他當牧師開不開心。」

樹下的男子苦笑以對。

「那……他怎麼回答？」

「他都會回答他很開心，但更多的時候他會說，要不是為了那些喜樂經文，牧師這個位置他不會多留一分鐘。」

「那些……什麼？」保羅．福特牧師視線不再緊盯著那片葉子，而是疑惑地看著波麗安娜喜孜孜的小臉蛋。

「喔，那是我爸爸幫這些經文取的名字。」她笑著說，「當然，《聖經》裡並不是這麼稱呼。不過，就是那些包含『你們因主歡喜』、『大大地喜樂』、『你們都要歡呼』等字眼的經文。《聖經》裡有好多這類的經文。爸爸有一次因為心情很糟，就算了算《聖經》裡到底有多少這類的經文，沒想到竟然多達八百則。」

「八百則！」

「是啊，有多達八百則經文告訴你要歡喜快樂，所以爸爸就把這些經文取名為『喜樂經文』。」

「喔！」牧師神情古怪地看著手上的布道詞：虛偽的經學家和法利賽人哪，你們有禍了！

「所以妳的爸爸……很喜歡這些『喜樂經文』囉。」他低聲的說。

「是啊。」波麗安娜用力地點點頭，「他說他算完這些句子之後，立刻就覺得好多了。他還說，如果神願意不厭其煩地說八百次要歡喜快樂，那麼祂一定很希望我們能這麼做，而父親很羞愧自己做得不夠。自此之後，這些經文就成為父親的慰藉，尤其是當事情發展不如己意，或當婦女勸助會的成員吵架時……我是說意見不合時。」波麗安娜情急地改口，「爸爸也曾說過，正是這些經文，讓他發明那個遊戲。雖然一開始是因為我想要洋娃娃卻拿到枴杖才有這個遊戲，但真正的靈感來源是那些喜樂經文。」

「那是什麼樣的遊戲？」牧師問道。

「就是在每一件事中尋找值得開心的地方。我剛才說過，一開始是因為我想要洋娃娃卻拿到枴杖……」於是波麗安娜又把故事再說了一次，只是這次牧師是帶著溫柔的眼神，專心地聆聽這個故事。

不久之後，波麗安娜就和牧師一起手牽手走下山。波麗安娜的臉上散發著幸福光彩。她本來就愛說話，而她也說了好一會兒；牧師對她非常好奇，而與那個遊戲、父親及家鄉有關的事，似乎怎麼說也說不完。

兩人一直走到山腳下，才分開各自回家。

當天晚上，保羅．福特牧師坐在書房裡沉思。擬好的布道詞散落在離他不遠的桌面上。他手握著筆停在半空中，筆的正下方則有幾張空白的紙，等待他寫下新的布道詞。但牧師此時此刻腦中思考的，既不是已寫好的布道詞，也不是新的布道詞該如何下筆。在他的想像中，自己正在遙遠的西部小鎮，與一名孤單、貧病交加且心煩意亂的牧師在一起，但這名牧師正不停地翻閱著《聖經》，只是想知道他的上帝、他的主究竟對他說了多少次「你要歡喜快樂」。

過了一會兒，保羅．福特牧師才從遙遠西部小鎮的幻想中回過神來。他長嘆了一口氣之後，整理好筆下的紙張後便開始動筆。

他在紙上寫下「馬太福音二十三章；十三節、十四節及二十三節」，然後卻又不耐煩地丟下手上的鉛筆，把幾分鐘前妻子留在書桌上的雜誌拿了過來。他睜著疲倦的眼睛意興闌珊地瀏覽著一個又一個的段落，直到某一段話吸引住他的目光：

「某天，一位父親對拒絕為母親的薪柴箱添加柴火的兒子湯姆說：『湯姆，我想你一定很樂意替你母親撿一些木柴回來。』湯姆二話不說地去做了。為什麼？因為父親明白地向兒子表示，他期盼兒子會做正確的事。如果父親是說：『湯姆，我聽說了你今早與你母親說的話，我真以你為恥。你現在立刻去幫你母親撿些柴火回來。』就湯姆的個性來看，我敢保證那個薪柴箱到現在還是空空如也。」

牧師繼續讀下去，發現了更多啟發他的文字、句子以及段落：

「無論男人還是女人，都需要別人的鼓勵。人天生有拒絕誘惑的能力，我們要做的應該要強化它而不是削弱它……與其整天挑人毛病，不如跟他說他的優點。試著幫助他改掉自己的壞習慣，並以更好的自己，也就是真正的自己為榜樣；而所謂真正的自己，指的是一個勇於挑戰、付諸行動，並於最終獲得成功的自己。……一個美好、熱心、樂觀的人格特質，其影響力不但能擴及周遭的人，甚至能徹底改變整個城鎮……人的行為常會不自覺地流露出自己心中的想法。一個人若本性良善且樂於助人，不用多久，他的鄰居也會受其影響成為這樣的人。一個人若總是一臉怒容，動不動就批評斥責別人，他的鄰居也會以牙還牙，並連本帶利地一起奉還給他！……當你一直往壞處想並預期壞事的發生，得到的絕對不會是好結果。當你相信自己一定會有好的結果，你就會如願以償……告訴湯姆，你知道他會很樂意去幫母親撿木柴回來……你就會看到他行動、投入並樂在其中。」

牧師放下雜誌，抬起頭。不一會兒，他站起身並在狹小的房間裡不斷地來回踱步。好一段時間之後，他深吸了一口氣重新坐回到書桌前。

「上帝請保佑我，我一定可以做到的！」他輕聲地祈求著。「我會告訴教區裡所有的湯姆，我知道他們會很樂意為薪柴箱添柴火。我會分派工作給他們做，我會讓他們充滿喜悅地完成自己的工作，他們將會忙到連看鄰居的薪柴箱的時間也沒有。」然後他拿起之前寫的布道詞，直接把它撕成兩半並往兩旁一丟。上頭寫著「虛偽的經學家和法利賽人哪」的紙張落在椅子的左邊，寫著「你們有禍了！」的紙張則落在椅子的右邊。他先把「馬太福音二十三章：十三節、十四節及二十三節」這一行直接一筆畫掉，接著在光滑的紙張上以飛快的速度完成了新的布道詞。

於是，奇蹟真的發生了。接下來的那個星期日，保羅．福特牧師的布道詞有如召喚眾人的號角一般，對於在場的男女老少發揮極佳的效果。而布道詞引用的經文，正是波麗安娜所說的那八百則「喜樂經文」的其中一則。

「義人哪！你們要靠著耶和華歡喜快樂；所有心裡正直的人哪！你們都要歡呼。」

二十三、一場意外

有一天，史諾太太忘了某種藥的名字，於是便請波麗安娜幫忙到奇爾頓醫生的診所去問一問。藉此機會，波麗安娜剛好可以去醫生的診所看一看，因為她之前還沒有機會去過那兒呢。

「我從來沒有來過您的家呢！這是您的家，對吧？」波麗安娜興奮地四處打量。醫生微笑了一下，但是笑容看起來卻有點苦澀。

「是的，就是這裡。」醫生一邊回答，一邊在手裡的那疊紙上寫著什麼。「不過，如果真要說是個家，這裡又太勉強了，波麗安娜。這裡只是有幾間房間的屋子罷了，不算是個家。」

波麗安娜了解地點點頭，眼中閃著同情。

「我知道，因為要有女人勤奮的雙手跟滿滿的愛，或是有孩子住在房子裡，才算是個家。」她說。

「嗯？」聽到這個，醫生立刻轉過身來。

「是潘道頓先生告訴我的。」波麗安娜又點點頭，「他跟我說，要有女人勤奮的雙手跟滿滿的愛，或是孩子，房子才能算是個家。奇爾頓醫生，為什麼您不找個有著勤奮雙手，又真誠善良，對您充滿愛的女人呢？或者，如果潘道頓先生不想要吉米·賓恩的話，也許您可以考慮收留他。」

奇爾頓醫生有些尷尬地笑了笑。

「所以，潘道頓先生說，要有女人勤奮的雙手，還有真摯的愛，才能組成一個家嗎？」醫生把話題轉開，向波麗安娜問道。

「對啊，他說如果沒有這些，那房子就只能叫做房子。您為什麼不去試試看呢？奇爾頓醫生？」

醫生走回桌前，「我為什麼不去試……什麼？」

「找個有著勤奮雙手，又有真誠的愛的女人啊。噢，有件事我忘記跟您說了。」波麗安娜的臉刷地脹紅。「我想我應該告訴您的。其實，潘道頓先生多年前愛過的人不是波麗姨媽，所以……我們不會過去他那裡住了。您也知道，我當初告訴您這件事，不過我搞錯了。我想，您應該還沒有告訴別人吧？」波麗安娜焦慮地問。

「沒有……我沒有告訴別人，波麗安娜。」醫生回答，只是表情有些奇怪。

「噢，那就好。」波麗安娜鬆了一口氣。「您知道嗎？這件事我只告訴過您一個人，不過，當潘道頓先生聽到我把這件事告訴您時，他的反應有點有趣。」

「是嗎？」醫生的嘴角抽動了一下。

「是啊，不過既然這件事不是真的，他當然不希望別人知道。不過，奇爾頓醫生，您為什麼不找個有著勤奮雙手，又真誠善良，對您充滿愛的女人呢？」

波麗安娜問完後，有一段時間他們倆都沒說話。過了一會兒，醫生很嚴肅地說：

「這不是想找就找得到的，小女孩。」波麗安娜若有所思地皺起了眉頭。

「但是，我想您一定能找得到的。」她帶著堅定的語氣強調這句話。

「謝謝妳。」醫生揚起眉毛笑了起來，不過，馬上又嚴肅地說：「不過，根據我的觀察，那些比妳年紀大的姊姊們恐怕不會這麼想。至少，她們……她們沒有這麼地熱情體貼。」

波麗安娜再次皺起眉頭，突然，她驚訝地瞪大了眼睛。

「奇爾頓醫生，您該不會是說……您曾經也想得到一雙女人勤奮的手，還有她的心，就像潘道頓先生希望的一樣，可是最後卻沒有得到，是嗎？」

醫生突然站了起來。

「好了，好了，波麗安娜，我們現在先不談這個。妳這個小傢伙就別再為別人的事情操心啦。妳該回到史諾太太那裡去了，我已經把藥的名字跟服用方式寫下來了。妳還有什麼別的事嗎？」

波麗安娜搖搖頭。

「沒有了，謝謝您，醫生。」波麗安娜一本正經地說，接著轉身往門口走去。走到門廳時，她回頭看著醫生，一張小臉笑得燦爛：「不管怎麼說，我很高興您想要但沒得到的，並不是我媽媽勤奮的雙手跟她的愛。奇爾頓醫生，再見！」

那場意外發生在十月的最後一天。當天，波麗安娜從學校匆匆趕回家，在她過馬路時，那輛開得飛快的汽車離她其實還有一段距離。

至於後來發生了什麼事，似乎沒有人說得清楚，也沒有人知道，意外究竟是怎麼發生的，或是該找誰來負責這件事。但是，下午五點鐘，波麗安娜遍體鱗傷地回到了她的小房間，全身癱軟，不省人事。波麗姨媽臉色慘白，南西則是不停地流淚，她們一起輕輕地把波麗安娜的衣服脫掉，輕手輕腳地把她放到床上。另一邊，華倫醫生在接到電話後，從村子的另一頭飛也似地趕了過來，快到像是坐在另一輛飛速的汽車上。

「你根本不需要多看她姨媽的臉。」南西來到花園裡，抽噎地跟老湯姆這麼說。

在醫生來了之後，為了保持房間裡的安靜，波麗安娜的房門就被關上了。「你不用多看一眼就可以知道，她現在如此害怕，絕對不是因為什麼義務。如果是的話，那她的手就不會發抖，她的眼神就不會著急得像是想要自己擋住死神一樣。噢，湯姆先生，我相信他們不會帶走波麗安娜的，不會的！」

「她傷得……嚴重嗎？」老人用顫抖的聲音問道。

「現在還不知道。」南西抽泣著說，「可是她臉色慘白地躺在那裡，看起來好像就要死了，但波麗小姐說她還沒死。我覺得波麗小姐應該是最清楚情況的人，因為她剛剛認真地去摸了波麗安娜的心跳，聽聽看她還有沒有呼吸。」

「妳可不可以告訴我，她究竟為什麼會傷成這個樣子？是……是……」老湯姆的臉抽搐著。

南西的嘴唇稍微放鬆了一點點。

「我猜是某個跑得很快又非常重的東西，湯姆先生。真是個討厭鬼！那個東西竟然把我們的小女孩撞倒了！我一直都很討厭那些難聞的爛東西，真的很討厭！」

「她傷到哪兒了？」

「我不知道，我不知道。」南西傷心地說，「她頭上有個小小的傷口，波麗小姐說看起來不太嚴重，但是她說，她擔心波麗安娜的傷會像『惡魔似地』（infernally）

纏著她。」

老湯姆眼睛一閃。

「我猜妳是說她受了內傷（internally）吧，南西？」他一臉正經地說。「好吧，就算她真的被惡魔搭著來的那輛汽車所傷，不過，我不認為波麗小姐會說出『惡魔似地』這種話，絕對不會。」

「嗯？好吧，我不清楚，我不清楚。」南西傷心地嘆了口氣，搖搖頭走開了。

「我覺得，我現在根本沒辦法等醫生從裡面出來。我好希望現在有一大堆衣服可以讓我洗，最好還是最難洗的那些，讓我有點事情做。」她痛哭了起來，無助地絞著自己的雙手。

可是等醫生從房間出來之後，南西並沒有打聽到什麼重要的新消息來告訴老湯姆。不過，雖然波麗安娜的骨頭沒有斷，頭上的傷口也只是輕傷，但是醫生的表情十分凝重，他緩緩地搖了搖頭，並說波麗安娜的情況或許只有時間才能給大家答案。醫生走了以後，波麗小姐的臉色更加蒼白，看起來越發憔悴。而波麗安娜還沒有醒過來，不過，她看起來似乎睡得很安穩，這讓大家稍稍放心了點。波麗小姐則是派人去請了一名護士，讓她當天晚上就過來照顧波麗安娜。南西跟老湯姆講完這些後，就哭著回廚房去了。

第二天下午，波麗安娜恢復意識，她睜開眼睛，發現自己躺在家裡的小床上。

「怎麼了？波麗姨媽，發生什麼事了？現在是白天嗎？我怎麼還沒有起床？」她大聲問。「噢，波麗姨媽，我坐不起來。」她才剛想坐起身，卻馬上無力地跌回枕頭上。

「噢，親愛的，先不要坐起來，先不要。」她的姨媽立刻輕聲安撫她。

「發生什麼事了？為什麼我沒辦法坐起來？」

波麗小姐避開波麗安娜的視線，用擔憂的眼神向那名站在窗邊、頭戴白色帽子的護士求救。

那名年輕護士點點頭。

「告訴她吧。」她用唇語對著波麗小姐說。

可是，波麗小姐覺得似乎有什麼東西哽住了她的喉嚨，讓她差點無法說話。於是，她清了清嗓子，試圖開口。

「親愛的，昨天晚上，妳被一輛汽車撞傷了。不過妳不要擔心，沒事了。姨媽想讓妳好好休息，妳再多睡一會兒吧。」

「我受傷了？噢，好像是，我那時好像在跑……」波麗安娜的眼神茫然，她舉起手壓著額頭，「我的頭好痛，好難受！」

「親愛的，妳現在什麼都不要擔心，只要好好休息就好。」

「可是，波麗姨媽，我覺得有點奇怪，而且感覺很糟。我的腳怪怪的，好像它們沒有感覺了，一點都沒有了。」

波麗小姐心裡紛亂不已，她站起來走到一旁，一邊走一邊用求助的眼神望著護士。

「讓我來跟妳聊聊天好嗎？」護士微笑地說，「我們倆應該好好認識一下才對，我是亨特小姐，我是來這裡幫妳姨媽照顧妳的。現在我們要做第一件事囉，可不可以請妳幫我把這幾粒白色的小藥丸給吃下去呢？」波麗安娜的眼睛稍微瞪大了些。

「可是，我不想要被照顧……我不想要一直被人照顧。我想要起來，妳知道的，我想去上學，明天我可以去上學吧？」

波麗姨媽站在窗邊，小心地壓抑著自己的啜泣聲。

「明天嗎？」護士微笑著。

「這個嘛，我想，我們還不能這麼快就讓妳去學校，波麗安娜小姐。不過，先把這幾粒藥吃了，好嗎？讓我們看看它們有什麼效果。」

「好吧。」雖然波麗安娜心裡有點懷疑，不過她還是點點頭，「可是我後天一定得去學校，妳知道的，我後天有考試。」

過了一會兒，波麗安娜又開始說起話來。她說了很多事，包括學校、汽車，還有她的頭有多痛。不過，在小藥丸的作用之下，沒過多久，她就安靜下來了。

二十四、約翰．潘道頓

波麗安娜不只「明天」沒去上學，「後天」也沒去。但波麗安娜本人並沒有意識到這個情況，她在短暫清醒的片刻，仍是不斷地追問著自己什麼時候可以去上學。事實上，波麗安娜對所有事，都是處於模模糊糊、意識不清的狀態，直到一個星期之後，她的高燒完全退去，疼痛也較為緩解，意識完全恢復後，她才知道究竟發生了什麼事。

「所以，我是受傷了而不是生病。」她鬆了一口氣。「還好，我很開心自己是受傷。」

「波麗安娜，妳還覺得……開心？」坐在床邊的姨媽問道。

「是啊！我情願像潘道頓先生一樣摔斷腿，也不想像史諾太太一樣，終生臥病在床。摔斷腿會好，但終生臥病在床不會好。」

波麗小姐聽了這些話之後，一句話也沒說，而是突然起身走到房間另一頭的梳妝臺前。她無意識地把梳妝臺上的東西一樣樣地拿起來，又把這些東西一樣樣地放回去。她這樣的行為和平常行事果斷的作風簡直判若兩人。但她臉上的表情看起來一點也不像漫無目的、無所事事的樣子，反而是既蒼白又憔悴。

躺在床上的波麗安娜，則是眼睛眨呀眨地望著天花板上，那道由窗前其中一塊三稜鏡所折射出來，並且不斷跳動的彩虹。

「我也很開心自己不是得天花，」她心滿意足地低聲說道：「得天花比長雀斑還要慘；我也很開心自己得的不是百日咳，我以前得過喔，真的很可怕；我也很開心自己得的不是闌尾炎或麻疹，因為會傳染——我是說麻疹會傳染，如果會傳染，我就不能待在自己的房間裡了。」

「親愛的，似乎很……很多事都能讓妳開心。」波麗姨媽像是領口太緊快要喘不過氣似的，一手按著喉嚨，一邊結結巴巴地說。

波麗安娜輕聲地笑了出來。

「是啊，我一直在想能讓我開心的事，想了好多好多，每次抬頭看著彩虹的時候，我都一直在想。我真的好愛彩虹。我好開心潘道頓先生送了那些三稜鏡給我。而且我還有很多開心的事沒說出來。我不知道，但我最開心的，或許就是自己受傷這件事。」

「波麗安娜！」

波麗安娜又輕輕地笑了起來。她轉過頭，眼睛閃閃發亮地看著姨媽。「自從我受傷之後，您都改叫我『親愛的』，還叫了好多次，您以前都不會這樣叫我。我喜歡被自己的親人叫『親愛的』，以前婦女勸助會的人也會這麼叫我；被她們這樣叫，我當然開心，但如果是像您一樣的親人叫我『親愛的』，我會更開心。噢，波麗姨媽，我好開心您是我的親人！」

波麗姨媽沒有回答，但她的手又再度按住了自己的喉嚨，眼眶則滿是淚水。看到護士一進房門，她就轉身快速地往門外走去。

同一天的下午，南西跑去找正在穀倉清理馬具的老湯姆，她的眼睛因興奮而閃閃發亮。

「湯姆先生，湯姆先生，猜猜看發生了什麼事？」她氣端吁吁地問。「你大概猜一千年也猜不到，你一定猜不到！」

「那我想我還是別猜了，」男子鎮定地說，「尤其是我大概也只剩不到十年可活。南西，妳最好現在快告訴我。」

「好吧，那你要聽好喔。小姐現在在日光室見客，你猜那個客人是誰？」老湯姆搖搖頭。

「妳到底要不要告訴我？」他說。

「好啦，好啦，我正要說。那個客人就是……約翰．潘道頓！」

「現在！妳確定？小女孩，妳在開玩笑吧。」

「才不是……是我親手開門讓他進來的……他還拄著枴杖呢。而且接送他的人，現在還在門口等他，他好像變了一個人，不再是以前那個脾氣暴躁不理人的老頭子。湯姆先生，沒想到他竟然會來拜訪小姐！」

「有何不可？」老湯姆語氣略帶挑釁地反問。南西沒好氣地瞄了他一眼。

「別裝得好像什麼都不知道一樣。」她挖苦他。

「啊？」

「別再裝無辜了，」她心有不甘且語帶諷刺地說：「害我一開始像隻無頭蒼蠅到處亂猜的，不就是你嗎？」

「妳在說什麼？」

南西先從敞開的穀倉大門往房子瞄了一眼，才上前一步走到老湯姆身邊。

「聽著，當初你不是告訴我波麗小姐有個戀人嗎？所以有一天我發現了一些事，以為二加二一定等於四，誰知道結果竟然是五，根本不是四！」

老湯姆一副不在乎的樣子，繼續進行手上的工作。

「如果妳要告訴我，就明明白白地說清楚。」他不耐煩地說，「我很忙，沒時間算算術。」

南西笑了出來。

「好啦，事情是這樣的。」她解釋，「我聽到一些消息，結果就誤以為他和波麗小姐以前是一對戀人。」

「潘道頓先生！」老湯姆挺起身子。

「是啊。不過，我現在知道他不是小姐的舊戀人。他愛的是那孩子的媽媽，所以才會想……算了，其他還是別提了。」她急忙把話題帶開，差點兒忘了自己答應過波麗安娜，不會把潘道頓先生想收養她的事說出去。「後來，我四處打聽有關他的事，發現他和波麗小姐已多年不相往來，原因好像是小姐在十八、九歲的時候，有一些愚蠢的流言把他們倆的名字連在一起，小姐從此就變得非常討厭他。」

「是啊，我記得這件事。」老湯姆點頭如搗蒜，「這是珍妮小姐拒絕他，並遠嫁他鄉三、四年後的事。波麗小姐知道整件事情後很同情他，於是就想對他好一點。由於小姐非常痛恨那個牧師搶走了自己的姊姊，或許就是這種同病相憐的心情，她才沒掌握好分寸。但不知怎麼的，有人卻唯恐天下不亂似地，開始到處散播小姐在倒追他的流言。」

「她怎麼可能倒追男人！」南西忍不住插嘴。

「是啊，但他們就是這麼說的。」老湯姆表示，「再堅強的女性也無法忍受被別人這麼說。過沒多久，她的戀情也開始出現問題。經過這一連串的打擊之後，她有好長一段時間都非常地自閉，也不太和別人說話。她傷得太深才會變得憤世嫉俗。」

「是啊，我懂她的心情。我陸陸續續也聽到了一些傳聞，但直到現在才知道事情的真相。」南西答道，「所以你想想看，當我在門口看到他的時候，我有多驚訝！小姐可是有好多年沒和他說過話了。但我還是帶他進去，並替他通報。」

「小姐說了什麼？」老湯姆屏息靜氣地等待南西的答案。

「什麼也沒說。她一開始完全沒反應，我還以為她沒聽到，我想再說一次時，她很平靜地說：『告訴潘道頓先生，我馬上下去。』於是我就去告訴他。一和他說完，我就馬上來找你了。」南西說完又回頭朝房子那兒看了一眼。

「嗯！」老湯姆沒再多說便繼續埋頭工作。

哈靈頓莊園裡的日光室瀰漫著有如典禮般莊嚴隆重的氣氛，約翰．潘道頓先生沒等多久，就聽到波麗小姐匆促的腳步聲。他正準備起身，波麗小姐便以手勢阻止了他，但她並未伸出她的手，表情也相當冷淡。

「我來是想問……波麗安娜的情況。」他一句客套話也沒說，立刻表明自己的來意。

「謝謝你的關心，她的情況還是差不多。」波麗小姐說。

「妳是不是……不願意把她的實際情況告訴我？」他有些沉不住氣地說。女人的臉上閃過一絲痛苦神色。

「我現在沒辦法告訴你，我也希望我能告訴你。」

「妳的意思是……妳也不知道？」

「是的。」

「但醫生不是診斷過了？」

「華倫醫生現在好像……還在海邊度假，但他已經聯絡上紐約的專科醫生，目前正在安排會診。」

「就妳目前所知，她究竟傷到哪裡？」

「頭上有一道小傷口，身上有一兩處挫傷，另外也傷到了脊椎……可能就是脊椎的傷導致她下半身……癱瘓。」

男子低嘆了一聲便沉默不語，過了一會兒，他才追問：

「那波麗安娜的……反應如何？」

「她完全不知情……她不清楚自己傷得到底有多重，而我也沒辦法告訴她。」

「但她……應該多少知道一些吧！」

波麗小姐又把手按在自己的衣領上，最近這已成為她的習慣動作。

「是的，她知道自己沒辦法……動，但她以為自己只是摔斷腿。她還說她很開心自己只是像你一樣摔斷腿，而不是像史諾太太一樣『終生臥病在床』；因為摔斷腿會好，但『終生臥病在床』不會好。她一直不停地這麼說，讓我難過得好想……死。」

雖然男子的眼眶滿是淚水，但他從自己淚眼糢糊的視線中，看到波麗小姐傷心憔悴的臉。他不由得想起自己最後一次請求波麗安娜搬去和他住時，她所說的話：

「我現在沒辦法丟下波麗姨媽！」

就是因為想到這樣的場景，當他不再哽咽可以說得出話的時候，他的語調變得非常溫柔。

「哈靈頓小姐，我想妳應該不知道一件事，我曾經非常努力地想說服波麗安娜搬來和我一起住。」

「和你一起住？波麗安娜？」

波麗小姐的反應讓男子有些不悅，但他再次開口時，還是維持客觀冷靜的語氣。

「是的。我想正式收養她，讓她成為我的繼承人。」

坐在對面椅子上的女人這才稍稍鎮定下來。她突然間意識到，這樣的收養關係意味著波麗安娜可以擁有一個光明的未來；她同時也好奇，波麗安娜是否成熟世故到會被這男人的金錢與地位所誘惑。

「我非常喜歡波麗安娜，」男子繼續說道，「我喜歡她除了因為她很討人喜歡之外，也有部分原因是因為……她的母親。我已經做好準備要把自己深藏二十五年的愛全部給她。」

「愛？」波麗小姐突然想起自己一開始收養這個孩子的原因，同時也想起今天早上，波麗安娜說過的話，「我喜歡被自己的親人叫『親愛的』！」她是一個如此渴望被愛的小女孩，現在有人要把深藏二十五年的愛給她，而以她的年紀來看，她的確有可能會被愛打動。當她明白到這一點，她的心開始往下沉。而當她想到自己的未來若是沒有波麗安娜將會有多淒涼，她的心更彷彿墜落到無底洞裡。

「結果呢？」她詢問的語氣雖然嚴厲，但從她微微顫抖的聲音，男子意識到她在極力克制自己的情緒維持表面的冷靜，於是露出了傷心的微笑。

「她不願意。」他回答。

「為什麼？」

「她不願意離開妳。她說妳一直對她很好，她想和妳一起生活……而且她說她覺得妳會希望她留下來。」男子說完，拄著枴杖站了起來。

他離開時沒再看向波麗小姐，而是堅定地望向門口，但他隨即聽到匆促的腳步聲走近他身邊，並感覺到一隻顫抖的手伸向他。

「專科醫生到了以後，若波麗安娜的病情有任何進一步的消息，我會再通知你。」她用顫抖的聲音說道，「再見……謝謝你來看她，波麗安娜知道會很開心的。」

二十五、等待遊戲

在約翰．潘道頓打電話到哈靈頓大宅的隔天，波麗小姐便開始著手準備迎接專程來為波麗安娜治病的專家。

「波麗安娜，親愛的。」波麗小姐溫柔地說：「我們決定，除了華倫醫生之外，再找一位醫生來看妳。或許，他會告訴我們一些新的方法，可以讓妳快點康復，好嗎？」

波麗安娜的小臉散發出喜悅的光彩。

「奇爾頓醫生！噢，波麗姨媽，我好高興奇爾頓醫生可以過來幫我治病！我真的很希望他來。其實，之前我一直很擔心您不會同意。您知道的，因為他之前看到您在日光室的樣子，所以我一直沒有問您，可是現在，我很高興您願意讓他過來。」

波麗小姐的臉倏地變白，但隨即又脹得通紅，沒過多久又變得毫無血色。可是，當她說話時，還是盡量維持剛才溫和平靜的語調。

「噢，不是這樣的，親愛的。我指的不是奇爾頓醫生，而是另一位從紐約來的名醫，他對於治療……像妳這樣的傷……很有經驗。」

波麗安娜的臉垮了下來。

「我才不信呢！他懂的一定沒有奇爾頓醫生的一半多。」

「噢，親愛的，我相信他很厲害，我敢保證。」

「可是，波麗姨媽，上次潘道頓先生摔斷腿的時候，是奇爾頓醫生治好的呢。如果……如果您不是這麼介意，我比較想要奇爾頓醫生來幫我治療，我真的非常希望他可以過來。」

波麗小姐的臉上出現苦惱的神色。她沉默了一會兒，然後溫和地開口，不過語氣裡帶著一點她一貫的嚴厲與堅持：

「可是我很介意，波麗安娜，我真的非常介意。親愛的，我可以為妳做很多事……幾乎任何事都可以。但是，基於一些現在我還不想說的原因，我不希望奇爾頓醫生來這……幫妳治療。而且相信我，他對妳傷勢的了解，一定沒有那位名醫來得多，那位名醫明天就要從紐約過來了。」

波麗安娜看起來還是一臉不信。

「可是，波麗姨媽，如果您喜歡奇爾頓醫生……」

「妳說什麼，波麗安娜？」波麗姨媽的聲音突然變得尖銳，臉頰也脹得通紅。

「我說，如果您比較喜歡的是奇爾頓醫生，而不是那位紐約來的醫生，」波麗安娜嘆了一口氣，「那麼您可能就會認為奇爾頓醫生比較好。總之，我很喜歡奇爾頓醫生。」

這時候，護士走進房間，波麗姨媽終於可以鬆口氣，立刻站了起來。

「我很抱歉，波麗安娜。」她有點嚴肅的對波麗安娜說：「不過，這次可能得讓我來做決定了。況且，這件事已經定下來了，那位紐約的醫生明天就會來了。」

不過，人算不如天算，那位紐約的醫生並沒有在預計的「明天」到達波麗安娜家。在最後一刻，波麗姨媽收到一封電報，上面寫著，醫生突然生病了，所以不得不延後拜訪。這讓波麗安娜又重新燃起了希望，讓奇爾頓醫生來代替那位名醫的希望。「您知道，讓奇爾頓醫生過來，可以讓事情比之前簡單許多。」

不過跟之前一樣，波麗小姐還是搖了搖頭，用一句「親愛的，不行。」堅決地拒絕波麗安娜的要求。但她焦急地向波麗安娜保證，除了這件事之外，她願意滿足波麗安娜其他的願望，她願意做很多事來讓她親愛的外甥女高興。

等待的日子一天天過去了。看得出來，波麗姨媽無所不用其極地想讓她的外甥女高興起來，當然，除了那件事之外。

「我真不敢相信，你要教我怎麼相信。」某個早晨，南西對老湯姆說，「波麗小姐一天到晚都待在我們小女孩的床前，等著為她做點什麼。一個星期前，就算她的心上人求她，或是有人捧著金子給她，她也不可能讓小黃跟小毛上樓。可是現在，為了讓波麗安娜小姐開心，她不僅讓那兩隻貓跟狗上樓，還願意讓牠們在床上打滾呢！」

「另外，實在沒事的時候，她還會把那些玻璃小墜子移動到房裡不同的鉤子上，我們的小女孩說，當陽光灑在這些玻璃上，彩虹就會『跳舞』喔！另外，除了波麗小姐自己種的花之外，她已經叫提摩西去寇比的溫室拿三次花了。有一次，我還看到她坐在床邊，讓躺在小床上的波麗安娜指揮護士幫波麗小姐綁頭髮。我的天啊！我敢說，波麗小姐現在願意每天維持那個髮形，全都只是為了要讓我們的小女孩高興。」

老湯姆咯咯地笑了起來。

他一本正經地說：「不過，在我看來，波麗小姐現在這樣的髮型也不錯，像這樣把前額的劉海稍微弄捲，看起來也不比之前差。」

「她當然不差啊！」南西還是十分激動，「她現在看起來就像是普通人，而且，她其實還挺……」

「我說呢，南西，」老人打斷南西的話，「當初我說年輕的波麗小姐其實很漂亮時，妳還記得妳說什麼嗎？」

南西聳聳肩。

「噢，她當然算不上漂亮，不過，現在有波麗安娜給的絲帶，加上脖子上的蕾絲披肩後，波麗小姐看起來跟之前不太一樣了。」

「我早就告訴過妳了，」老湯姆點點頭，「她真的不老。」南西笑了出來。

「這個嘛，雖然她真的不老，不過在波麗安娜來到這裡之前，她看起來確實不太年輕。對了，湯姆先生，究竟誰才是波麗小姐的舊戀人？我還是沒找到啊，真的看不出來。」

「妳還不知道嗎？」老人做了一個古怪的表情，「那麼，妳也不會從我這裡得到答案。」

「噢，湯姆先生，拜託你現在趕快告訴我吧！」女孩壓低聲音懇求，「而且，除了你之外，我也沒有很多人可以問啊。」

「或許是吧，雖然這裡就有一個知道答案的人，不過，他是不會告訴妳的。」老湯姆咧嘴笑了笑。突然間，他的眼神暗了下來，「我們的小女孩今天怎麼樣了？」

南西搖搖頭，臉色也變得凝重起來。

「還是一樣，湯姆先生，我看不出來她的傷有任何明顯的好轉跡象，我猜其他人也是這樣覺得。她每天就躺在床上，有時候跟大家聊天，一直試著保持笑容，說些夕陽或是月亮升起這些有的沒有的事情，試著讓自己高興，實在讓人看了好心疼啊。」

「我知道，她在玩那個遊戲……上帝保佑這個善良的孩子。」老湯姆點點頭，眼角帶著淚光。

「她也跟你說過那個遊戲嗎？」

「噢，是的，她很久以前跟我提過。」老人的雙唇顫抖，他先是猶豫了一下，然後接著說：「有一天，因為我的腰實在太痛了，直都直不起來，妳知道那個小傢伙怎麼說嗎？」

「我猜不到，我想不到腰痛有什麼好值得高興的。」

「可是她找到了。她說無論如何，這樣一來，我就不用再費勁彎著腰除草了，因為我的腰已經彎下去了，所以這件事還是值得高興的。」

南西露出懷念的笑容。

「噢，我一點都不意外，你也知道，她總是能找到一些值得開心的事情。從她到這裡之後，我們就常常在玩這個遊戲。那時候，只有我願意跟她一起玩，雖然我知道，她更想找她的姨媽一起玩。」

「波麗小姐！」

南西笑了起來。

「我以為你對我們女主人的意見，不像我對她的意見這麼多呢。」南西調侃道。

老湯姆愣了一下。

「我只是想，這對她來說，可能會有點難以接受。」他一派正經地解釋著。

「噢，大概吧，那時候對她來說是有點難以接受。」南西回答，「不過，現在誰知道呢？我想現在，我們的波麗小姐願意做很多事，或許會自己開始玩起開心遊戲呢。」

「可是，我們的小女孩沒有跟她提過這個遊戲嗎？我猜，她應該已經告訴過許多人；自從她受傷之後，我聽到好多人都在提這個遊戲。」老湯姆說。

「這個嘛，她還沒有告訴波麗小姐。」南西說，「波麗安娜小姐很久以前曾經跟我說過，她沒辦法把這個遊戲告訴她的姨媽。因為，這個遊戲是她爸爸發明的，可是波麗小姐不喜歡波麗安娜提到她的爸爸；如果要談這個遊戲，就得提到爸爸，所以她才一直沒說。」

「噢，我懂了。」老湯姆緩緩地點點頭。「每次提到那個年輕牧師，波麗小姐總是很難過，因為就是他把珍妮小姐從家人身邊帶走的。雖然事情發生時，波麗小姐還很年輕，但她從來沒有原諒過那個牧師，因為之前，他們姊妹倆的感情是那麼要好，她是那麼喜歡珍妮小姐。我知道的，這件事太令人難過了。」他邊嘆氣邊轉身離開。

「是啊，你說的沒錯。」南西也嘆了口氣，準備回到她的廚房繼續工作。

在等待的日子裡，每個人都不太好受。護士雖然努力想讓自己看起來開心一點，卻藏不住她眼睛裡的憂鬱。而醫生看起來十分緊張且焦躁不安。波麗小姐則是很少說話，雖然她的捲髮像波浪般柔順地披在她的臉頰兩側，肩上還圍著漂亮的蕾絲披肩，但這些卻無法掩蓋她日漸瘦削蒼白的臉龐。至於波麗安娜則是每天逗著小狗，順著小貓柔順的毛，摸著牠的頭，以及欣賞別人送到她房裡的鮮花，吃著大家送來的水果跟果凍。除此之外，她每天微笑著接收大家送來的關心還有問候。可是，一天一天過去，她的臉色變得越來越蒼白，身體也漸漸消瘦下來。雖然波麗安娜仍舊充滿活力地使用她的雙手跟手臂，但這只會讓大家替她惋惜那雙躺在毯子底下的雙腳，曾經它們是多麼充滿活力啊。至於開心遊戲，波麗安娜曾告訴南西，如果有一天她能夠再去學校上課，她會有多開心。除了上學之外，她還想去看看史諾太太，拜訪潘道頓先生，或是跟奇爾頓先生一起坐馬車。不過，波麗安娜自己沒注意到，她口中這些令人開心的事，都不是現在發生的事，一切都還是未知數。不過，南西卻注意到了，但是她也只能一個人默默地流淚。

二十六、半開的門

來自紐約的專家米德醫生，只比原先預定的時間晚了一個禮拜，就來到哈靈頓莊園。他個子很高，肩膀很寬，還有一對親切的灰眼睛，臉上也總是帶著愉悅的笑容。波麗安娜一見到他就立刻喜歡上他，並把自己很喜歡他的事直接告訴了他。

「您長得跟我的醫生很像。」她愉快地說。

「妳的醫生？」米德醫生露出了驚訝的表情，並看了在數英尺之外，正和護士說話的華倫醫生一眼。華倫醫生的個子很小，眼睛是褐色的，還留著一撮棕色的山羊鬍。

「噢，他不是我的醫生。」波麗安娜猜中了他的想法，笑嘻嘻地向他解釋，「華倫醫生是波麗姨媽的醫生，奇爾頓醫生才是我的醫生。」

「喔！」米德不解地看著雙頰脹紅的波麗小姐，她則有些慌亂地轉過頭去。

「是的。」波麗安娜雖然稍微猶豫了一下，但隨即坦白地說：「我一直希望姨媽請奇爾頓醫生來幫我看病，但姨媽想請的是您。她說治療像我這樣摔斷腿的情況，您比奇爾頓醫生更厲害。當然，如果真的是這樣，那我也很高興。您真的比較厲害嗎？」就在那一瞬間，波麗安娜捕捉到醫師臉部的表情有一些微妙變化，但她無法解讀那是什麼樣的表情。

「小女孩，只有時間能告訴您答案。」他溫柔地說，然後嚴肅地看向走到他身旁的華倫醫生。

事情發生之後，每個人都說罪魁禍首一定是那隻貓。的確，如果小毛沒有用腳掌和鼻子一直推沒上門的門，門也不會無聲無息地露出一英尺的縫隙；如果那扇門沒打開，波麗安娜也不會聽到姨媽說的話了。

當時兩名醫生、護士和波麗姨媽正在波麗安娜房門外的走廊交談著。房間裡，小毛則跳上了床，一直「喵喵喵」的開心叫個不停。這時門外突然清楚傳來波麗姨媽痛苦的驚叫聲。

「不會吧！醫生，不會吧！你的意思該不會是……這孩子再也不能走路了！」

接下來，情況陷入一片混亂。首先是房間裡的波麗安娜驚恐地大喊：「波麗姨媽！波麗姨媽！」接著波麗小姐看到半開的房門，驚覺自己剛才說的話已經一字不漏地傳到波麗安娜的耳中，於是低吟了一聲便昏了過去，而這也是波麗小姐有生以來第一次昏倒失去意識。

「她聽到了！」護士哽咽地說了一句，便跌跌撞撞地往房內跑去，兩名醫生則留在波麗小姐的身邊。米德醫生就算想走也走不了，因為當波麗小姐昏倒時，是他及時接住了波麗小姐，華倫醫生則是不知所措地呆立在一旁。直到波麗安娜再次發出激動的叫喊聲，護士急忙地把門關上，兩人才瞬間清醒，絕望地看了彼此一眼後，才試著把昏倒在米德醫生懷裡的女子喚醒。

而這時在波麗安娜的房間裡，護士發現床上有一隻灰色的小貓咪一直叫個不停，極力想吸引眼前這個小女孩的注意，但這個臉色蒼白、神色慌亂的小女孩並沒有注意到牠。

「杭特小姐，拜託妳讓我見波麗姨媽。我現在要見她，求求妳！」

護士關上門後，急忙地走到波麗安娜的床邊，但她的臉色蒼白得嚇人。

「她……她現在沒辦法馬上過來，親愛的，她……等一會兒就會來看妳了。妳想要什麼？我來幫妳拿……不行嗎？」

波麗安娜搖搖頭。

「可是，我想知道她剛剛說了什麼。妳剛才有聽到她說什麼嗎？她剛才說了一些事。我要波麗姨媽親口告訴我那不是真的……不是真的！」

護士想說些話來安慰她，卻一句話也說不出來，但她臉上的表情卻讓波麗安娜更加害怕了。

「杭特小姐，妳剛才也聽到了吧！所以事實真是如此！噢，不會是真的！妳該不會要告訴我……我再也無法走路了？」

「沒事的，沒事的，親愛的……別這樣……妳別這樣想！」護士難過得快說不出話來。「也許是醫生不懂。也許是醫生搞錯了。妳也知道，什麼情況都有可能的。」

「但波麗姨媽說他懂，她說他是最了解我這種病況的人。」

「沒錯，沒錯，親愛的，我知道；但醫生難免也有犯錯的時候。親愛的，先……先別想了……別再想這個問題了。」

波麗安娜激動地揮舞著自己的手臂。「但我無法控制自己不想。」她啜泣地說：「我現在腦中想的全是這件事。杭特小姐，如果不能走，我要怎麼去學校，怎麼去拜訪潘道頓先生、史諾太太或其他人？」她激動地哭了一會兒之後，突然停了下來，抬起頭恐懼地望著護士，「杭特小姐，如果我不能走路，我還能為任何事感到開心嗎？」

杭特小姐不知道「那個遊戲」是什麼，但她知道病人現在必須立刻鎮定下來。

雖然她也很心痛與不安，但她的手可沒閒著，她現在站在床邊，手上已經準備好鎮靜用的藥粉。

「沒事，沒事，親愛的，快把藥吃下去。」她安撫著波麗安娜，「我們先好好休息，到時再看看該怎麼辦。親愛的，很多時候事情沒有表面上看起來這麼糟。」

波麗安娜聽話地吃了杭特小姐給她的藥，並喝了點水。

「我知道，父親以前也說過類似的話。」波麗安娜停止哭泣沮喪地說，「他總是說，無論發生什麼事，一定有比它更糟的情況，但我想一定沒有人跟他說過他再也不能走路。我實在想不到還有什麼情況會比不能走路更糟的……妳想的到嗎？」

杭特小姐沒有回答，因為連她都不相信自己剛才說過的話。

二十七、第二次拜訪

波麗小姐派南西去告訴約翰．潘道頓先生，米德醫生對波麗安娜病情的診斷結果。她答應過潘道頓先生，只要一有波麗安娜的進一步消息，就要馬上告訴他。可是，對波麗小姐而言，親自去跟他說，或是寫封信好像都不太妥當。最後，南西理所當然成為最佳的傳話人選。

在之前，如果南西有機會可以親眼去那棟神祕的大房子裡看看，見見房子的主人，她一定會非常高興。但是今天，她的心情實在很沉重，所以一點興致跟好奇心都沒有。在等待約翰．潘道頓出來的短短幾分鐘，她也沒有四處東張西望。

「先生，我是南西。」潘道頓先生走進房間裡時，眼中充滿了驚訝，於是南西趕緊恭敬地說，「哈靈頓小姐請我過來告訴您，有關波麗安娜小姐的情況。」

「請說。」

雖然只是簡短的兩個字，但南西還是清楚地感受到那個「請說」背後，所隱藏著的關心和著急。

「她的情況不太好，潘道頓先生。」她哽咽地說。

「妳該不會是說……」他停了下來，南西則是悲傷地垂下頭。

「是的，先生。醫生說……她以後不能走路了……再也不能了。」

房裡陷入了一片沉默，過了一會兒，男人開口說話，他的聲音顫抖、情緒激動。

「可憐的……小女孩！可憐的……小女孩！」

南西偷偷看了他一下，又馬上移開視線。她從來沒有料到，那個難以親近、脾氣暴躁、嚴肅的約翰．潘道頓先生，竟然有這一面。過了一會兒，他聲音顫抖的地說：

「這太殘酷了……她以後再也不能在陽光下跳舞了！我美麗的小女孩！」

接下來兩人都沒有開口說話，房間裡又陷入另一段沉默。接著，男人突然問：

「那她自己應該還不知道吧……對嗎？」

「但是她知道了，先生。」南西抽抽噎噎地說，「更讓人難過的就是這個。她發現了……都怪那隻該死的貓！噢，請原諒我，先生。」南西趕緊道歉，「就是因為那隻貓推開了門，波麗安娜小姐才會聽到他們的對話。所以，她就……知道了。」

「可憐的小女孩。」男人又嘆了口氣。

「對啊，先生。如果您看到她那個樣子，您真的會覺得她好可憐。」南西哽咽地說。「自從她知道這件事之後，我只見過她兩次，這兩次都讓我難過極了。您知道，這世界所有的一切對她來說都是那麼新鮮，可是現在，她一直在想那些她無法去做的新鮮事，這讓她非常煩惱。而且，她似乎沒辦法再開心起來了，雖然您可能不知道她在玩的那個遊戲。」南西有些不好意思地停下來。

「那個開心遊戲嗎？」男人問道，「噢，我知道這個遊戲，她有跟我提過。」

「噢，她跟您提過了！嗯，我猜她應該跟很多人提過這個遊戲。但是，您看，現在她……她自己沒辦法玩了，所以她很難過。她說她不能走路了，所以她沒辦法想到任何……任何一件值得開心的事，一件都想不出來。」

「唉，她怎麼有辦法開心呢？」潘道頓先生幾乎有點生氣地反問。南西不太自在地把雙腳移來移去。

「我也這樣覺得，不過後來我突然想到，如果能找到什麼可以……可以高興的事，您知道的，她就不會這麼難受了。所以，我想試著……試著提醒她。」

「提醒她！提醒她什麼？」約翰．潘道頓的聲音聽起來十分煩躁，還帶著點憤怒。

「提醒她……提醒她當初怎麼教別人玩的，像是她教史諾太太，還有其他人玩開心遊戲時一樣。另外，還有她之前跟別人說過的那些開心事。但是，那個可憐的小女孩只是哭，她說，跟別人說這些話跟自己做到是不一樣的。教終身臥病在床的史諾太太玩開心遊戲好像很容易，可是，當自己再也不能走路時，玩開心遊戲就不是這麼簡單的一件事了。她說，她一次又一次地告訴自己，現在她跟別人都很不一樣，所以應該為這件事感到開心才對。但是，每次想到這件事時，她滿腦子想到的只是她再也不能走了。」

南西停了下來，但是男人沒有接口。他坐在那裡，雙手摀住眼睛。

「後來，我試著提醒她一些她以前經常說的話，像是……越是困難的時候，開心遊戲玩起來才更有意思。」南西接著說，聲音有些壓抑，「但她還是說，在這種艱困的情況下，這句話說起來跟做起來是完全不一樣的。噢，先生，我想我得走了。」南西說到一半突然停下來，起身準備離開。

走到門口時，南西猶豫了一下，她停下腳步回過頭，怯生生地問：

「我可不可以告訴波麗安娜小姐，您後來見過吉米・賓恩了呢？先生，可以嗎？」

「可是，我後來沒再見過他啊，我不了解為什麼要這樣告訴她。」男人幾乎是立刻回話，「為什麼這麼問呢？」

「沒什麼，先生，只是……嗯，您知道，波麗小姐覺得現在她不能帶吉米．賓恩來見您了，這是最讓她難過的其中一件事情。她說，她曾經帶他來見過您一次，只是她覺得，那天他似乎表現得不太好，因此她很擔心您不願意接受他做您的孩子，雖然我不太明白她在說什麼，但我想也許您知道她的意思，先生。」

「是的，我懂……她的意思。」

「那就好，先生。因為她真的很想再帶他來見您一次，這樣，您就會知道，他其實是個很可愛的孩子。但是，現在她自己……再也沒辦法帶他來了。都怪那輛該死的汽車！噢，請原諒我，先生，我先走了，再見！」說完，南西飛也似地離開這裡。

沒過多久，整個貝爾丁斯維爾小鎮都知道，那位從紐約來的名醫說波麗安娜．惠提爾再也不能走路了。這個小鎮陷入前所未有的震驚。因為，鎮上的每個人都見過那個臉上有著雀斑，總是帶著微笑跟別人打招呼的小女孩。此外，幾乎每個人都聽過波麗安娜在玩的那個遊戲。而現在，人們可能再也看不到那張微笑的小臉出現在街上，也聽不到那個充滿活力的聲音告訴大家，生活中的小事情是多麼值得令人開心。這件事實在令人難以置信，也太殘酷了。

無論是在廚房裡、客廳中，甚至是隔著後院的圍籬，女士們到哪兒都在談論這件事，並為這件事傷心地當眾落淚。而在街角處，或是在店家的休息室裡，男士們也在討論這件事，並且偷偷地拭淚。這件事傳開不久後，人們又從南西那裡得到令人更加難過的消息。因此，有越來越多的人開始關心波麗安娜，替她傷心難過。南西說，從波麗安娜受傷以後，她不再玩那個遊戲了，因為再也沒有任何事可以讓她開心起來。

這時，所有波麗安娜的朋友腦中想到的都是同一件事。而哈靈頓莊園的女主人，波麗小姐則開始接到來自四面八方的電話，有些是她認識的人，有些是她不認識的人，有男人，有女人，還有孩子，這讓她十分驚訝，因為她壓根兒沒想過自己的外甥女認識這麼多人。

有些來拜訪的人，只是進來坐個五分鐘或十分鐘，有些人侷促不安地站在門廊的臺階上，有些男士笨拙地不停地調整自己的帽子，有些女士尷尬地不停地摸著手提包。他們有些人帶了書、鮮花，或是一些可口的點心來讓波麗安娜嘗嘗。有些人會毫不掩飾地當場哭出來，有些人則是轉過身使勁地擤鼻子。不過，每個人都非常擔心小女孩的傷勢，也傳了許多訊息給波麗小姐。就是因為這些關心的訊息，波麗小姐決定採取行動。今天，已經不用拄著枴杖走路的約翰．潘道頓先生來到哈靈頓莊園，他是第一個來探望的人。

「我想，我就不用再跟妳說，我到底有多震驚跟難過了吧。」一見到波麗小姐，他劈頭這麼說，「可是……真的什麼事都做不了了嗎？」

波麗小姐做了一個絕望的手勢。

「噢，我們還在試，也一直在努力。米德醫生提供了一些治療方法，也開了一些可能有幫助的藥，而華倫醫生也一直按照米德醫生建議的方式替波麗安娜治療。但是……米德醫生說，現在波麗安娜已經沒什麼復原的希望了。」

儘管約翰．潘道頓先生才剛到沒多久，但聽到這些後，他猛的站起身準備離開，他的臉色慘白，嘴唇嚴肅地抿成一條線。波麗小姐看著他，心裡清楚知道，他為什麼沒辦法在她這兒待太久。走到門邊時，約翰．潘道頓先生回頭。

「我有一件事要告訴波麗安娜，」他說，「麻煩妳幫我轉告她，我已經邀請吉米．賓恩到我家來了，而我也決定收留他，所以他以後就是我的孩子了。我想，她如果知道我決定領養吉米．賓恩，她應該會很……開心。」

波麗小姐一下子失去了平時原有的自制與冷靜。

「你要領養吉米．賓恩！」她屏息問道。男人稍微抬高了下巴。

「是的，我想波麗安娜會了解的。妳會告訴她，我覺得這件事會讓她……開心吧？」

「什麼？當……當然。」波麗小姐結結巴巴地說。

「謝謝你。」說完，約翰・潘道頓先生朝著她欠了個身，便轉身離開。

他走後，波麗小姐仍舊靜靜地站在房間中央，吃驚地望著男人離去的背影。直到現在，她還是不敢相信她耳朵剛剛所聽到的一切。約翰・潘道頓先生要領養吉米・賓恩？約翰・潘道頓，那個富有、孤僻、憂鬱，在大家眼中極其吝嗇自私的男人，居然要收養一個小男孩，而且還是這樣的一個小男孩？

波麗小姐帶著不敢置信的表情上樓，來到了波麗安娜的房間。

「波麗安娜，約翰・潘道頓先生剛剛來過了，他要我跟妳說一件事，那就是，他已經決定領養吉米・賓恩了。他說，如果妳知道這件事，應該會很開心。」

波麗安娜憂鬱的小臉一下子綻放出喜悅。

「開心？噢，我真的很開心！波麗姨媽，我一直想幫吉米找一個家。而且潘道頓先生的家是那麼地舒適。我也好替約翰・潘道頓先生高興喔！你瞧瞧，現在他家裡有個孩子了。」

「一個……什麼？」

波麗安娜的臉脹得通紅。她完全忘記自己從來沒有告訴波麗姨媽，潘道頓先生想要收養她的事情。而且，她也絕不想要告訴她，有那麼一會兒，她曾想過要離開她，離開她最親愛的波麗姨媽。

「一個孩子。」波麗安娜趕緊接口，「您知道，約翰．潘道頓先生曾經告訴我，要有一雙女人勤奮的手加上她滿滿的愛，或是有個孩子，這才能算是個家，而現在，他有個孩子了。」

「噢，我懂了。」波麗小姐溫和地說。因為關於這件事，她了解的可比波麗安娜以為的還要多。因為她知道，當約翰．潘道頓先生詢問波麗安娜，問她願不願意去當那個「孩子」，並試著把那棟灰色大房子變成一個家時，波麗安娜所承受的壓力有多大。

「我真的了解。」說著說著，波麗小姐覺得突然湧出的淚水刺痛了她的雙眼。

波麗安娜擔心姨媽會再問她一些尷尬的問題，便趕緊把話題從那棟大房子還有潘道頓先生身上轉開。

「您知道，奇爾頓先生也說，要有女人勤奮的雙手跟誠摯的愛，或是一個孩子，家才能夠算是個家。」她說。

波麗小姐吃驚地轉過頭來。

「奇爾頓醫生！妳是怎麼知道……這些事情的？」

「他告訴我的啊，他還說他現在住的地方只是有幾個小房間的房子，不能算是個家。」

波麗小姐沒有回答。她的眼睛望向窗外。
「所以我問他，為什麼他沒找到他心目中的女人，跟他一起共組家庭呢？找個有雙勤奮的手，又十分愛他的女人。」
「波麗安娜！」波麗小姐突然轉過身，臉頰出現一抹紅暈。
「噢，我已經問了，而且他看起來很憂傷。」
「他還說什麼？」雖然，波麗小姐心裡一直有個聲音阻止她繼續問下去，但她還是克制不住自己。
「一開始他沒有說什麼，不過後來他很小聲地說，這不是想要就可以得到的。」波麗小姐沒有接口，她的眼睛再次望向窗外，臉頰依然反常地泛紅發熱。
波麗安娜嘆了一口氣。
「可是，無論如何，我知道他很想要有個家，我也希望他的心願能夠實現。」
「為什麼，波麗安娜？妳是怎麼知道的？」
「因為，後來有一天，他又說了些別的。雖然他說的很小聲，不過我還是都聽到了。他說，如果他能擁有一個有著勤奮雙手的女人，還有她滿滿的愛，他願意因此放棄全世界。咦，波麗姨媽，您怎麼了？」聽到一半，波麗小姐急忙地站起身，走到窗邊。

「沒什麼，親愛的，我只是來這裡換一下稜鏡的位置。」波麗小姐說，她的臉頰通紅，就像火焰一樣。

二十八、那個遊戲以及玩遊戲的人

約翰．潘道頓二度造訪後沒多久，某天下午，蜜莉．史諾也來了。由於她從未到過哈靈頓莊園，所以當波麗小姐進入房間時，她緊張地脹紅了臉。

「我……我想請問一下小女孩現在怎麼樣了？」她結結巴巴地說。

「謝謝妳的好意，她的情況還是沒什麼改變。令堂好嗎？」波麗小姐有些疲倦地說。

「我來就是要告訴您……就是……請您轉告波麗安娜小姐，」女孩急著想把話趕快說完，所以說話時有些喘不過氣及語無倫次，「我們都……很震驚……非常地震驚……那小女孩竟然再也不能走路了；畢竟她幫了我們這麼多……幫了我母親這麼多……像教她玩那個遊戲……還為她做了好多好多事。而我們最近聽說……她再也沒辦法玩那個遊戲了，真是可憐的小東西。我也認為，現在這樣的情況，她怎麼可能還玩得下去！但當我們想起她對我們說過的話，我們認為，若她知道自己曾經幫過我們多大的忙，對她應該會有幫助……就是玩那個遊戲的事……因為她聽到後可能會覺得開心……就算只有一點點開心……」蜜莉似乎不知道該如何說下去，於是停下來等待波麗小姐開口。

波麗小姐一直很有禮貌地靜靜聆聽著對方所說的話，但她實在聽得一頭霧水。蜜莉說了那麼久，她大概只聽懂了一半。波麗小姐心想，她一直知道蜜莉．史諾有點「怪怪的」，但她萬萬沒想到這女孩講話竟是如此顛三倒四。她實在沒辦法理解那一連串雜亂無章、缺乏邏輯、語意不明的話語，到底想要表達什麼。等到女孩停了下來，她才說：

「蜜莉，我不太懂妳想表達什麼。妳到底要我轉告波麗安娜什麼？」

「是啊，這就是我來的目的。我想要請您轉告她的……」女孩興奮地說，「就是讓她知道自己幫了我們多大的忙。當然，她自己應該也看到了一些變化，畢竟她和我們一起經歷了整個過程，而她也知道我母親變得和以前不一樣了；但我想讓她知道我母親變得有多不一樣，甚至連我也變得不一樣了。我最近……也稍微開始試著玩……那個遊戲。」

波麗小姐皺起了眉頭。她本來想問蜜莉口中的「那個遊戲」究竟是什麼意思，但還沒來得及問出口，蜜莉又因為太過緊張所以滔滔不絕地講了一大串。

「您也知道，我母親以前看什麼都不順眼。她總是希望事情能變得不一樣。不過在那種情況下，我們也很難責怪她。但她現在不但願意讓我幫她把房間的窗簾打開，也開始對一些事表現出興趣，比如她會問我她看起來如何，或她的睡衣好不好看這類的問題。而她也開始動手編織一些小東西，例如她會編韁繩拿到市集賣，也會為醫院編織一些嬰兒用毛毯。而且她非常享受這些樂趣，每當想到自己有能力完成這件事，她就會覺得很開心！而這所有的一切，都是波麗安娜小姐的功勞，因為她曾對我母親說，無論如何，她至少還擁有雙手和雙臂，她應該為自己有一雙健全的手而感到開心。母親聽了之後忍不住想，何不用自己的雙手來做點東西，於是她就開始做起了編織。您無法想像她現在的房間和以前有多不一樣，房間裡有紅色、藍色，以及黃色的織品，窗上還掛著波麗安娜小姐送給她的三稜鏡。現在光是走進那個房間，感覺都會比以前好很多！我以前真的很害怕走進那間昏暗陰沉的房間，況且我母親當時又是如此地不開心。

「所以，我們想要麻煩您轉告波麗安娜小姐，我們是因為她才了解這些道理。也請您一定要告訴她，我們很開心能認識她。我們覺得，如果她知道這些，或許也能讓她因為認識我們而稍微開心起來。而這……這就是我們想告訴她的。」

蜜莉說完後如釋重負地嘆了口氣並急忙站起來。「您會幫我們轉告她嗎？」

「當然會。」波麗小姐低聲地回答，但她心裡想的是這整段精彩內容，她究竟能記得多少。

約翰．潘道頓和蜜莉．史諾只是眾多訪客中最先到訪的兩名，之後陸陸續續有人來拜訪，而每個訪客都有訊息希望波麗小姐能代為轉達。但這些訊息聽起來都很奇怪，波麗小姐越聽越困惑。

某日有一個姓班頓的年輕寡婦前來拜訪。波麗小姐雖然和她不曾相互拜訪過，但卻十分了解她的狀況。據說她總是穿著一身黑，是鎮上最悲傷的女子。今天的班頓太太雖然眼眶裡滿是淚水，不過卻在頸部打了個淡藍色的領結。在表達對意外的悲痛與震驚後，她客氣地問是否能見見波麗安娜。

波麗小姐搖搖頭。

「很抱歉，她現在還沒辦法見客，或許……再一陣子吧。」

班頓太太拭去臉上的淚水後便起身，轉身準備離去。但快走到門口時，她卻突然急忙地折返回來。

「哈靈頓小姐，能否請您幫我……傳個話。」她吞吞吐吐地說。

「當然可以，班頓小姐，我非常樂意。」

年輕的女子還是遲疑了一下才開口。

「麻煩您告訴她……我今天帶上了這個。」她一邊說，手一邊摸了頸部的淡藍色領結。波麗小姐忍不住露出驚訝的表情，女子見狀又補充說道：「小女孩努力了好久，就是希望我能夠穿一些……顏色在身上，所以我想她若知道我開始這麼做……應該會很開心。她說如果我願意這麼做，佛瑞笛看到會很開心的。您也知道，現在佛瑞笛就是我的全部。別人什麼都有，而我卻只有……」班頓太太搖搖頭側過身去。「只要告訴波麗安娜……她會懂的。」她轉身離去之後，身後的那扇門也隨著她的離去關了起來。

同一天稍晚的時候，來了另一名寡婦——至少她身著的是寡婦的服飾。波麗小姐完全不認識這個人，因此她忍不住在心中暗想，波麗安娜到底是怎麼認識她的。這名女士自稱「塔貝爾太太」。

「對您而言，我是個陌生人。」一見到波麗小姐，她立刻表示，「但對您的外甥女波麗安娜來說，我並不陌生。我整個夏天都住在旅館裡，因為健康因素，我每天都要花很長時間散步。我就是在散步的途中認識您的外甥女，她真是個可愛的小女孩！我真希望您能了解她對我的重要性。當我剛到這裡時，心情非常地難過沮喪，但她快樂的表情和活潑的言行舉止，總是讓我想起我那過世多年的女兒。聽到她發生意外的消息，我非常震驚；當我聽說這可憐的孩子再也無法走路，而她也因為自己沒辦法為任何事感到開心而變得很不快樂，我就知道自己一定要來拜訪您。」

「謝謝妳的好意。」波麗小姐低聲表示。

「不，應該是我要感謝您才對。」她反駁道，「因為我……我希望您幫我傳個話給她，可以嗎？」

「當然可以。」

「那麼，請您告訴她，塔貝爾太太現在很開心。是的，我知道這聽起來很奇怪，您可能無法理解。但……請原諒我沒辦法向您解釋。」她的表情突然變得很哀傷，眼神的笑意也不見了。「您的外甥女聽完後一定會明白我在說什麼，我只是覺得自己一定要告訴她。謝謝您，若我冒昧的造訪為您帶來任何困擾，也請您見諒。」她在誠心地請求對方諒解後便轉身離去。

波麗小姐現在可說是被徹底的搞糊塗了，她急忙上樓進入波麗安娜的房間。

「波麗安娜，妳認識一名塔貝爾太太嗎?」

「認識啊，我很喜歡塔貝爾太太。她身體不太好，心情也非常地低落；她就住在旅館裡，而且每天都會花很多時間散步。我們常常一起去散步，我是說……我們以前常常一起去散步。」波麗安娜越說越小聲，兩顆斗大的淚珠順著兩頰滑下。

波麗小姐則趕緊清了清自己的喉嚨。

「親愛的，她剛才來過，並要我幫她傳話給妳……不過她不肯告訴我是什意思。她只說要我告訴妳，塔貝爾太太現在很開心。」

波麗安娜輕輕地拍著手。

「她真的這麼說？噢，我真的好開心！」

「不過，波麗安娜，她的話究竟是什麼意思？」

「就是那個遊戲……」波麗安娜立刻摀住自己的嘴，不讓自己再說下去。

「什麼遊戲？」

「沒……沒什麼，波麗姨媽。只是……有些事我不能說，但若不說就沒辦法解釋清楚了。」

波麗小姐本想繼續追問，但看到小女孩臉上失落的表情，她怎麼也問不出口。

就在塔貝爾太太拜訪過後不久，波麗小姐的忍耐也到達極限。導火線是一名年輕女子的到訪。這名女子留著一頭怪異金髮，兩頰呈現不自然的粉紅色，腳下踩著一雙高跟鞋，身上則戴著一些廉價珠寶。由於她的聲名狼藉，因此波麗小姐非常清楚眼前這名女子是誰，但她怎麼也沒料到，自己竟然會在哈靈頓莊園裡見到這種女人。

波麗小姐並未主動伸手寒暄，事實上，當她進入接待客人的小房間時，她反而向後退了一步。

女子一見到波麗小姐立刻起身，她的眼睛非常地紅，就像剛哭過一樣。她口氣有些倔強地詢問波麗小姐，自己是否可以見波麗安娜一面，並強調她不會待太久。

波麗小姐直接拒絕了她。她一開始語氣非常嚴厲，但看到女子近乎哀求的眼神，她還是禮貌地向她說明，以波麗安娜現在的情況還無法見客。

女子猶豫了一會兒，突然倔強地抬起頭直接對著波麗小姐說：

「我是培森太太，也就是湯姆．培森的太太。我想妳應該有聽過我的名字，村裡大部分循規蹈矩的人應該都聽過一些我的傳聞，不過妳聽到的傳聞很多都不是事實。但這都不要緊，我是為了小女孩而來的。我聽說她發生意外，聽到這個消息，我……我的心都碎了。上星期，我甚至聽說她再也無法走路了，我……我真希望能把這兩條沒有用的腿讓給她。她用這兩條腿一小時能做的好事，比我用一百年還多。但講這些也沒用，就我的觀察，一個人有沒有腿，跟他能不能善用這兩條腿完全是兩回事。」

說到這，她先停下來清了清自己的喉嚨，不過當她再度開口時，聲音依舊沙啞。

「妳或許不知道，我常常和這個小女孩在一起。我住在潘道頓山丘大道上，她之前常經過那裡，不過她都不只是經過，還會進來我家陪孩子玩，或是跟我聊聊天。

若我丈夫也在，她也會和他說說話。她似乎很享受這麼做，也很喜歡我們。我想她大概不知道，像她這樣身分的人，通常是不會來拜訪我們這種人的。哈靈頓小姐，或許像你們這樣的人能常常來拜訪，就不會有那麼多我們這種人。」她講到最後，突然酸溜溜地補上一句。

「雖然如此，但她還是來了。而她不但沒給自己帶來任何傷害，卻為我們帶來好處，非常多的好處。她不明白自己的所做所為對我們來說，是多麼地意義重大，我內心深處也希望她永遠不明白，否則她就會知道一些我不希望她知道的事。

「不過，重點在於，這一年我們一直過得很辛苦，承受著各種不同的打擊。我丈夫和我也一直很憂鬱沮喪，甚至已經做了最壞的打算。最近我們打算要離婚，並準備讓孩子……好啦，我們還不知道該怎麼處理孩子的問題。然後意外就發生了，我們聽說小女孩再也沒辦法走路，這讓我們想起她以前來我們家，都會坐在門口的臺階上，陪孩子們一起笑鬧學習，而當時她是那麼地開心。她總是能為自己找到開心的理由。有一天，她告訴我們她能如此開心，都是因為那個遊戲的緣故；她不但把那個遊戲的故事原原本本地告訴我們，還拚命想說服我們陪她一起玩。

「現在我們聽說這可憐的孩子，因為覺得自己生命中再也沒有值得開心的事可以玩哪個遊戲，所以變得非常憂愁。而我今天來的目的，就是有件事要告訴她，或許我們帶來的好消息能讓她稍微開心一點。我想說的是，我們夫妻倆已經決定不離婚了，我們要繼續在一起，一起玩那個遊戲。我知道她聽到會很開心，因為她有時聽到我們夫妻倆的事，常會覺得心情低落。雖然我沒辦法有信心地說，這個遊戲對我們一定會有很大的幫助，但誰知道，搞不好真的會有用。無論如何，我們打算試試看，因為我知道她希望我們這麼做。妳可以幫我轉告她嗎？」

「好的，我會幫妳和她說。」波麗小姐淡淡地說。女子聽完一時情緒激動，突然走上前握住波麗小姐的手，但波麗小姐只簡單地回了一句：「同時也謝謝妳來看她，培森太太。」

培森太太的頭不再因倔強而抬得高高的，她的唇微微顫抖，手緊握著波麗小姐，同時口中還念念有詞地講了些沒人聽得懂的話，說完便轉身匆匆離開。

培森太太走了之後，門都還來及不關上，波麗小姐已迫不及待地衝到廚房質問南西。

「南西！」

波麗小姐的口氣非常嚴厲。最近這幾天，一大堆莫名其妙的訪客，一連串令人困惑意外的到訪，再加上今天中午這段詭異到極點的經驗，已讓她的神經緊繃到接近崩潰的邊緣。自從波麗安娜出事之後，南西再也沒聽過女主人用這麼嚴厲的口吻說話。

「南西，最近整個鎮上的人都在討論某個荒謬的『遊戲』，妳能告訴我這到底是怎麼一回事？而這整件事跟我的外甥女又有什麼關係？為什麼從蜜莉·史諾到湯姆·培森的太太，每個人都留下訊息要我告訴波麗安娜他們現在也在玩那個遊戲？再據我的估計，整個鎮上大概有一半的人不是戴上藍絲帶，就是停止和家人吵架，再不就是學著去喜歡自己以前從未喜歡過的事物，而這一切似乎都與波麗安娜有關。我自己曾試著問波麗安娜這件事，可是也問不出個所以然來。當然，以現在這個時間點，我也不想拿這種事去煩她。不過，就昨晚她對妳說的話來看，我敢說，妳一定也有在玩那個遊戲。現在可以請妳告訴我，整件事到底是怎麼一回事？」

這時南西卻突然大哭了起來，把波麗小姐嚇得不知該如何是好。

「這表示這孩子從去年六月開始，就一直努力地想要讓整個鎮上的人都開心起來，而他們現在所做的，就是要回報這個孩子，讓她也能稍微開心起來。」

「開心什麼？」

「沒什麼，就是單純地覺得開心，而那個遊戲就是這麼一回事。」波麗小姐聽了忍不住跺腳。

「又來了！南西，妳這樣和其他人一樣，說了等於沒說。妳還是沒告訴我到底什麼是那個遊戲？」

南西抬起頭，直視女主人的眼睛。

「小姐，我這就告訴您。那個遊戲是波麗安娜小姐的父親教她的一個遊戲。她以前一直想要一個洋娃娃，但她從捐贈的物資中得到的卻是一副枴杖；於是她就像其他的孩子一樣，立刻放聲大哭。她父親似乎在當時就對她說，世界上的每一件事，一定都有值得開心的地方，所以她應該要為收到枴杖而開心。」

「為了……枴杖而開心？」波麗小姐想起波麗安娜無法站立的兩條腿，強忍著不讓自己哭出聲。

「是的，小姐。我當時的反應也和您一樣，而且據波麗安娜小姐自己的說法，她當初的反應也是如此。但是她父親卻告訴她，她可以為自己不需要這副枴杖而感到開心。」

「噢……」波麗小姐還是忍不住哭了出來。

「自此之後，她父親就把它變成平時玩的遊戲，要她在每件事情中找出值得開心的地方。而且波麗安娜小姐還說，這其實並不難，每個人都做得到，因為當妳為了自己不需要枴杖而開心時，就不會那麼在意自己有沒有洋娃娃了。他們都稱那個遊戲為『開心遊戲』。小姐，那個遊戲就是這麼一回事，而她從那時開始就一直在玩這個遊戲。」

「但是，怎麼會……怎麼會……」波麗小姐不知該如何問下去。

「而且小姐，您若發現這個遊戲運作的奇妙之處，您一定也會很驚訝。」南西對開心遊戲的熱情簡直不輸波麗安娜。「我真希望自己能告訴您，她為了某個家人不在身邊的母親及其他離鄉背井的人們做了多少事。她都會和我一起去拜訪他們，每個星期會去兩次。她也幫我從許多大大小小的事情當中找到值得開心的地方，改變我對很多事的想法。比如，自從她告訴我，我應該慶幸自己的名字不是『海芙瑟芭』，我就不那麼介意自己叫『南西』了。還有，我以前非常討厭星期一的早晨，但受到她的影響後，星期一早晨也變成一件值得開心的事。」

「星期一……值得開心？」

南西笑了笑。

「小姐，我知道這聽起來很荒謬，就讓我來解釋吧。那孩子發現我很討厭星期一的早晨，於是她有一天告訴我這段話：『南西，我覺得星期一早晨，應該要比週間的其他日子更讓妳開心才是，因為妳要等整整一個星期才會再有另一個星期一。』自此之後，我每個星期一的早晨一定都會想到這段話。小姐，這麼想真的很有幫助，而且每次想到這段話，我都會因此大笑。請不要懷疑，大笑真的是最好的良藥。」

「那為什麼她……沒有告訴我遊戲的事？」波麗小姐的聲音微微地顫抖，「為什麼當我問起的時候，她又神祕兮兮地什麼也不願意說？」

南西先是猶豫了一會兒才繼續說下去。

「小姐，這點請您要見諒。她一直沒對您說，是因為您不准她提父親的事，所以她沒辦法告訴您，畢竟這是她父親發明的遊戲。」

波麗小姐緊咬著自己的下唇。

「她一開始很想告訴您，」南西有些為難地說：「因為她想找人陪她一起玩這個遊戲，所以我才開始玩這個遊戲，這樣才有人和她做伴。」

「那……那其他人……怎麼會知道這個遊戲？」波麗小姐聲音微微地顫抖。

「我想，現在幾乎每個人都知道這個遊戲了吧。因為無論我走到哪，都會聽到有人談論它。她的確跟很多人提過這個遊戲，而這些人又告訴其他人，事情就這麼傳開了。您也知道，很多事情只要一起頭，就會逐漸蔓延開來。再加上她總是以微笑及舒服的態度對待每一個人，自己又每天開心、開心地說個不停，自然會引起大家的好奇心，想知道她在玩的到底是什麼樣的遊戲。而現在所有人都因為她受傷的事而難過不已，尤其當大家聽到她現在找不到任何值得開心的事，更是心都碎了。所以他們就天天跑來告訴她，自己現在能過得這麼開心都是她的功勞，希望能對她有些幫助。因為她總是希望每個人都能和她一起玩這個遊戲。」

「我想，現在又多了一個人可以陪她玩這個遊戲了。」波麗小姐哽咽地說完後便轉身離開廚房。

她身後的南西見了她的反應，驚訝地瞪大了眼睛。

「現在我真的相信世界上沒有不可能的事了。」她喃喃自語地說，「噢，波麗小姐，現在關於您的任何事，我都不會再說不可能了。」

當天稍晚，波麗小姐來到波麗安娜的房間，護士見狀便離開房間，留給兩人獨處的空間。

「親愛的，妳今天又有另一名訪客。」波麗小姐努力維持聲音的穩定，但她說話時，還是可以明顯聽出微微顫抖的聲音。「妳還記得培森太太嗎？」

「培森太太？我記得她！她住在通往潘道頓先生家的路上，她有一個三歲的女兒和一個五歲的兒子，她的女兒是全世界最漂亮的小女孩。她和她丈夫都是非常好的人，可惜他們卻不知道彼此的好。他們有時會吵架……我的意思是，他們會意見不合。而且他們也說他們家很貧窮，甚至從來沒有拿過任何捐贈物資，因為培森先生不是神職人員。」

波麗安娜的臉頰悄悄地泛起了一陣紅暈，而姨媽就像是被感染一樣，臉頰突然紅了起來。

「雖然他們很貧窮，但她有時穿的衣服真的很漂亮。」波麗安娜緊接著說，「而且她還有好幾只鑲著鑽石、紅寶石或翡翠的美麗戒指，但她說她有一個多餘的戒指，她打算離婚，然後把它丟掉。波麗姨媽，什麼是離婚？我想它恐怕不是一件好事，因為她每次談到離婚的時候，看起來都很不開心。她也說如果他們離婚，他們就不會住在那裡了，培森先生會走得遠遠的，小孩可能也會跟他一起走。但我想，就算他們真的有很多戒指，他們還是應該要把那個戒指留下來才是。難道不是這樣嗎？還有，波麗姨媽，離婚究竟是什麼意思？」

「親愛的，他們不會離開這裡。」波麗姨媽不想回答，所以趕緊讓對話回到原本的話題。「他們會一起留在這裡。」

「是嗎？我真是太開心了！那我去探望潘道頓先生的時候，就可以順道去看……」小女孩突然意識到自己的情況，難過得沒辦法再說下去。「波麗姨媽，為什麼我就是沒辦法記住自己的腿再也不能走路的事實，所以我是不是再也沒辦法去探望潘道頓先生了？」

「好了，好了，妳別這樣。」姨媽哽咽地說，「或許之後妳可以搭車去啊。不過，我還沒把培森太太要我轉達的話告訴妳，所以現在妳要先仔細聽好！她要我告訴妳，他們……他們不但決定不分開了，還要一起玩那個遊戲，就像妳希望的那樣。」

波麗安娜喜極而泣。

「真的嗎？這是真的嗎？噢，我真的好開心！」

「是啊，她說她希望妳會開心。波麗安娜，她告訴妳這些，就是希望妳聽了以後會很……開心。」

波麗安娜立刻抬起頭。

「波麗姨媽，您……您怎麼說得好像您什麼都知道了一樣。波麗姨媽，您是不是已經知道那個遊戲了？」

「是的，親愛的。」波麗小姐強顏歡笑，「是南西告訴我的。我認為那是個很棒的遊戲，我決定要陪妳一起玩。」

「噢，波麗姨媽……您願意陪我一起玩？我實在是太開心了！一直以來我最希望可以陪我一起玩的人就是妳。」

波麗小姐害怕自己會哭出來，於是深吸了一口氣；她努力想維持鎮定，但難度卻越來越高。

「是的，親愛的，其他還有很多人也會一起玩。波麗安娜，我想現在整個鎮上都在玩那個遊戲，甚至連牧師也不例外。我一直沒機會告訴妳，今天早上我到村子裡去，恰巧遇見福特先生，他要我轉告妳，等到妳可以見客，他要親自來告訴妳，自從妳告訴他那八百則喜樂經文之後，他一直都很開心。所以妳看，親愛的，這都是妳的功勞。現在整個鎮上都在玩那個遊戲，整個鎮都快樂的不得了——而這一切，全都是因為有一個小女孩向大家介紹了一個遊戲，並教會所有人如何玩這個遊戲。」

波麗安娜興奮地拍著手。

「噢，我真的實在太開心了。」她興奮地叫著。然後，她的臉彷彿被點亮一般散發著光采。「波麗姨媽，我終於找到一個值得開心的地方。我很開心自己曾經可以走路，不然我也沒辦法做到這一切了！」

二十九、一扇敞開的窗戶

日子一天天過去，冬天很快就過了。但是，這個冬天對波麗安娜來說卻十分漫長。每一天，時間都過得很慢，有時還充滿痛苦。不過，每一天，波麗安娜還是堅強地用笑容面對一切。因為，既然波麗姨媽都在玩這個遊戲，難道她不該堅持玩下去嗎？而且波麗姨媽也在生活中找到許多開心的事！

有一天，波麗姨媽說了一個關於兩個窮苦流浪孩子的故事。在一個暴風雪的夜晚，他們找到了一扇被風吹掉的門，便用那扇門擋著風雪前進，儘管還是很難移動，但他們覺得，他們比其他在雪地裡沒有門遮擋風雪的人要幸運多了。此外，波麗姨媽還講了另一個故事，她聽說，有一名貧窮的老婦人，她老到只剩下兩顆牙齒了，但她還是很慶幸自己還有兩顆門牙，它們還能「碰在一起」，還能夠咬東西。

另外，波麗安娜現在也跟史諾太太一樣，也開始用五顏六色的毛線，去編織各式各樣可愛的小東西，看著色彩鮮豔的毛線彎彎曲曲地鋪在白色的床單上，心情也就跟著好起來了。而且，雖然她的雙腳沒辦法走路了，但波麗安娜還是很高興自己擁有雙手跟手臂。

現在，波麗安娜偶爾會見見來探望她的人，雖然有些人她沒辦法見到，不過，他們總是會託其他人帶上祝福給她。另外，他們也帶來了一些新的消息，這對波麗安娜來說非常重要，因為她需要這些新消息讓她的生活豐富起來。

她見過約翰·潘道頓先生一次，也見過吉米·賓恩兩次。約翰·潘道頓先生告訴她，現在吉米·賓恩已經變成一個聽話的乖孩子了，而且他也過得很好。吉米也告訴他，現在這個家是有史以來最棒的家，而且潘道頓先生是個很好的「家人」，這一切都要感謝波麗安娜。

「您知道，其實最讓我高興的事情是，我曾經有過可以奔跑的雙腿。」波麗安娜跟波麗姨媽這樣說。

很快地，春天來了。所有照顧波麗安娜的人都十分焦急，因為他們幾乎沒看到波麗安娜的傷勢有任何進步。大家似乎不得不接受米德醫生之前要大家做的心理準備，最壞的情況就是，波麗安娜可能再也不能走了。

整個貝爾丁斯維爾鎮的人都十分關心波麗安娜的最新情況。但是，有個人特別焦慮，他每天躺到床上後依舊翻來覆去，輾轉難眠，並設法打聽到波麗安娜的最新消息。但是，隨著日子一天天過去，波麗安娜的傷勢絲毫沒有好轉的跡象，反而每況愈下。男人的臉上除了焦慮，又多了幾分絕望。但是，希望幫助波麗安娜重新站起來的決心，也同時出現在他的臉上。最後，想要幫助波麗安娜的決心戰勝了一切。一個週六的早晨，湯瑪斯·奇爾頓先生的突然到訪，讓約翰·潘道頓先生感到驚訝萬分。

「潘道頓先生，」醫生開口說道，「我來找你是因為，這個鎮上只有你最清楚我與波麗·哈靈頓小姐之間的關係。」

約翰·潘道頓先生頓時發覺，自己臉上一定寫滿了驚訝兩字。對於波麗·哈靈頓與湯瑪斯·奇爾頓當年的戀情，他的確略知一二，但是這件事已經至少有十五年之久沒有人提過了。

「是的。」他說，試圖讓自己的聲音聽起來充滿關心，但又不至於過度好奇。但是，他馬上就發現他的擔心是多餘的，因為醫生急著想講自己的事情，根本沒注意到他的反應。

「潘道頓先生，我必須見見那個孩子，我想要幫她做個檢查，我一定得這麼做。」

「咦，你不能去嗎？」

「我不行！潘道頓先生，你知道我已經有超過十五年沒有踏進那扇門了，或許你不知道，但讓我告訴你，那棟房子的女主人曾告訴我，如果下次她邀請我走進那棟房子，那就代表她在請求我的原諒，我們之間又可以回到從前那個樣子，也就是說，她會嫁給我。現在，我是不曉得你有沒有找到她想要邀請我的意圖，反正在我看來是沒指望了。」

「可是，難道她不邀請你，你就不能去嗎？」醫生的眉頭糾結在一塊。

「這個很難。你知道，我有我的驕傲。」

「但是，如果你真的這麼著急，難道你不能放下你的驕傲，暫時忘掉那場爭吵嗎？」

「忘掉那場爭執！」醫生憤怒地打斷潘道頓先生的話，「我說的不是那種驕傲，如果是因為上次那場爭吵，我願意從這裡一路跪著爬到她家，只為了請求她的原諒，如果有用的話，要我倒立走過去都可以。但我現在說的是醫生的驕傲。現在那個小女孩受傷了，如果我闖進去說，『喂，讓我來救她！』你覺得這樣像個專業的醫生嗎？」

「奇爾頓先生，你們當年是為了什麼事吵架？」潘道頓先生問。

醫生做一個不耐煩的手勢，從椅子上站了起來。

「為什麼吵架？還不就是戀人之間的爭吵？吵完之後哪會記得為什麼啊？」他怒氣沖沖地在屋裡走來走去，怒吼道：「大概是關於月亮有多大，或是河水有多深之類的事吧，雖然也有可能真的是在爭執什麼重要的事情。噢，其實我還真希望是些很有意義的事，否則，之後這幾年所付出的代價也未免太痛苦了。好了，就別管我們當年吵什麼了吧！我其實很希望我們當年根本沒吵過架。約翰．潘道頓先生，我必須見到那個孩子，這可是攸關生死的事啊。我相信，波麗安娜．惠提爾有百分之九十的機會可以重新再站起來！」

醫生這番話說得清楚明瞭，而且在他說這些話的時候，恰巧走到潘道頓先生的椅子旁邊，在那兒有一扇敞開的窗戶，他恰巧就站在窗戶前。就這樣，他說的話傳到一個正在屋外窗戶下的小男孩耳裡。

在那個星期六的早晨，吉米．賓恩正蹲在窗下的花圃除草，在聽到醫生的話之後，他全神貫注地豎起了耳朵。

「走路！波麗安娜！」約翰．潘道頓先生說，「你這話是什麼意思？」

「我是說，根據我聽到的消息，波麗安娜的情況很像我一位大學朋友遇過的病例，而這個病人才剛被治好。這麼多年以來，我的朋友一直從事這方面的專門研究，我也一直跟他保持聯繫，對這方面的病例也做過一些研究。總之，根據我聽到的情況看來，我希望能夠見那個小女孩一面。」

約翰・潘道頓先生在椅子上坐直了身子。

「你必須去看她，兄弟！難道你不能……透過華倫醫生去找她嗎？」醫生搖了搖頭。

「恐怕不行，華倫醫生親口告訴我，當初他曾經建議找我一起為波麗安娜治病，但是被哈靈頓小姐堅決地拒絕了。所以，儘管他知道我非常想要見見那個孩子，但是他也不敢再提這件事。加上最近，他的一些老病人來找我幫他們治病，這讓我更不好意思去找他了。但是，潘道頓先生，我必須見到那個孩子，如果能成功，想想這對波麗安娜有什麼樣的意義！」

「是啊，想想看，要是你沒辦法見她，這又代表什麼！」潘道頓先生回嘴。

「但是，如果她的姨媽沒有親自邀請我，我該怎麼做呢？這樣永遠都不會成功的。」

「所以一定得讓她邀請你去！」

「怎麼做到？」

「我不知道。」

「噢，我想你也不會知道……沒有人知道該怎麼做。當年她說過，如果她邀請我去她家，就表示她在請求我的原諒，也就意味著她要嫁給我。但是，她是如此心高氣傲，又如此生我的氣，所以是絕對不會邀請我的。可是，每當我想到那個可能得痛苦一輩子的孩子，或許在我這裡可以看到一絲擺脫惡夢的希望，我就覺得難以忍受。要不是那些驕傲啊、職業規範之類的廢話，我就……」醫生的話還沒說完，只見他把雙手插進口袋裡，轉過身，又憤怒地開始在房間裡踱步。

「但是，也許我們可以讓她來見你，讓她知道這件事的重要性。」約翰．潘道頓先生催促醫生。

「或許吧，可是誰要去勸她呢？」醫生猛的轉過身問道。

「我不知道，我不知道。」潘道頓先生煩惱地嘆了一口氣。

窗外的吉米．賓恩突然動了一下，剛剛他一直全神貫注地傾聽兩人說話，連大氣都不敢喘上一口，生怕漏掉了哪個字。

「嘿嘿，我知道！」他得意地輕聲說道，「我要去告訴波麗小姐這件事！」說著，他毫不猶豫地站了起來，沿著牆壁，悄悄地溜了出去，頭也不回地拔腿往潘道頓山下跑去。

三十、一切包在吉米的身上

「小姐，吉米．賓恩想見您。」南西在門口向波麗小姐通報。

「我？」波麗小姐訝異地說，「妳確定他不是要見波麗安娜？如果他想見波麗安娜，可以進房探視個幾分鐘。」

「是的，小姐。我也是這麼跟他說，但他說他想見的人是您。」

「好的，我等會兒下去。」波麗小姐有些疲倦地起身。

她一進到起居室，就看到一個眼睛圓圓、臉紅紅的男孩在等她，男孩一見到她立刻搶著說話。

「女士，我想我現在要做的事以及接下來要說的話，可能會讓您很生氣，但我沒辦法不做。因為一切都是為了波麗安娜，只要是為她好，無論是要我赴湯蹈火也好、面對您也好，或做任何事都好，我都不會拒絕。我也認為，無論什麼事，只要能讓波麗安娜有機會再站起來，您都會願意做。所以我來就是告訴您，現在害波麗安娜沒辦法再走路的，其實是您的自尊，我知道如果您聽懂我的話，您一定會願意請奇爾頓醫生來到這裡。」

「你在說什麼？」波麗小姐臉上的表情從一開始的震驚，逐漸轉為屈辱生氣，最後忍無可忍地脫口而出。

吉米無助地嘆了口氣。

「好啦，我沒有要惹您生氣的意思，所以我才先說波麗安娜有機會再站起來的事；我以為您會把重點放在那兒。」

「吉米，你究竟在說什麼？」吉米又嘆了一口氣。

「我現在正要告訴您。」

「好，那就快告訴我。但你最好按照順序從頭開始說起，而且每件事都要讓我聽得清清楚楚、明明白白。別像剛才那樣，突然從中間開始說，到最後每件事都講得不清不楚。」

吉米舔了舔自己的嘴唇，一副隨時準備開始的樣子。

「好的，整件事一開始是奇爾頓醫生跑去找潘道頓先生，他們兩人碰面之後就在書房裡談話……到目前為止聽懂了嗎？」

「有，吉米。」波麗小姐聲音有些微弱。

「當時的窗戶沒關，我又剛好在窗戶下方的花圃除草，所以就順便聽到了他們的談話內容。」

「噢，吉米！順便聽到？」

「又不是我的問題，我又沒有刻意去偷聽他們講話。」吉米生氣地說。「不過，我慶幸自己有注意聽他們講話。等我說完之後，您一定也會這麼覺得。因為波麗安娜或許可以因此再站起來。」

「吉米，你說她或許可以再站起來是什麼意思？」波麗小姐急切地探身向前。

「您看，我就說吧！」吉米心滿意足地點點頭。「事情是這樣的，奇爾頓醫生認為自己認識的某個醫生可以治好波麗安娜……也就是讓她再站起來，但要等他親眼看過波麗安娜之後，他才能確定。他很想自己來看她，但他對潘道頓先生說您不會讓他來。」

波麗小姐的臉迅速脹紅。

「但是吉米，我……我不行……我做不到！反正，我不知道啦！」波麗小姐不安無助地撥弄著自己的手指。

「所以我才來告訴您啊，這麼一來您就知道了。」吉米急切地表示，「他們說因為某個原因，所以您不願意讓奇爾頓醫生來，但那原因我聽不太懂，不過您曾跟華倫醫師說過您不希望他來，所以在您沒邀請他來的情況下，因為自尊……還有什麼……職業道……不知道什麼東西的緣故，他又不能自己來。所以他們希望有人能讓您了解現在的情況，不過，他們又不知道可以找誰，而當時在窗外的我，立刻對自己說：『太好了，讓我來！』所以我就來了。現在您都了解了嗎？」

「是的。但是，吉米，那位醫生，」波麗小姐急切地追問，「你知道他的名字嗎？他的專長是哪一科？他們怎麼能確定這位醫生可以讓波麗安娜再站起來？」

「我不知道他的名字，他們沒有說。但奇爾頓醫生認識他，知道他才剛治好一個情況和波麗安娜很相似的病人。不過，他們似乎一點也不擔心這位醫生，他們擔心的是您，因為您不肯讓奇爾頓醫生來看她。您現在應該明白了吧？您會讓他來嗎？」

波麗小姐不知所措地左顧右盼，而她急促的呼吸聲乍聽之下又有點像是啜泣聲，因此吉米擔憂地望著她，心想她是不是快哭出來了。但她沒有哭。過了一會兒，她才斷斷續續地說：

「好的……我會……請奇爾頓醫生……來看她。吉米，你現在用跑的回家，要跑快一點！我得先去通知華倫醫生，他現在人應該就在樓上，幾分鐘之前，我才看到他駕馬車過來。」

過沒多久，華倫醫生在大廳裡遇到情緒激動而滿臉通紅的波麗小姐時嚇了一跳。更令他驚訝的是當他聽完這位女士所說的話，差一點停止了呼吸：

「華倫醫生，你曾問過我是否同意讓奇爾頓醫生一起進行會診，但當時我……拒絕了這項提議。但我經過再三考慮，我現在非常希望你能和奇爾頓醫生一起進行會診。能麻煩你立刻詢問奇爾頓醫生的意願嗎？謝謝。」

三十一、新姨丈

華倫醫生再次走進波麗安娜房間時，波麗安娜正躺在床上，眼睛盯著天花板上頭那些正閃爍著、像是在跳舞的七彩微光。跟在華倫醫生身後進來的，是一名身材高大、肩膀寬闊的男人。

「奇爾頓醫生！噢，奇爾頓醫生，見到您我真是太高興了！」波麗安娜大喊。聽到這充滿欣喜的聲音，房間裡許多人的眼淚都不禁奪眶而出。「可是，如果波麗姨媽不願意……」

「沒關係的，親愛的，妳不用擔心。」波麗小姐一邊安慰波麗安娜，一邊帶著欣喜的表情快速走到床前。「今天早上，我已經跟奇爾頓醫生談過了，我願意讓他……讓他跟華倫醫生一起幫妳治療。」

「噢，所以您就讓他進來啦。」波麗安娜心滿意足地輕聲說道。

「是的，親愛的，是我請他來的，這真是……」波麗小姐突然停下來，不過一切都太晚了，因為她已經看到奇爾頓醫生眼裡難以掩飾的幸福與笑意。她紅著臉轉過身，匆匆地離開房間。

此時，華倫醫生跟護士正在窗戶的另一邊熱烈地討論著什麼，奇爾頓醫生則是向波麗安娜伸出了雙手。

「小女孩，我想，今天妳做了一件讓人超級開心的事。」他的聲音因為激動而顫抖著。

美麗的傍晚時分，波麗姨媽來到波麗安娜的小床前，她看起來十分興奮，跟平常不太一樣。護士去吃晚餐了，此時房間裡只剩下她們兩人。

「波麗安娜，親愛的，我要告訴妳……一件非常重要的事。將來有一天，我會讓奇爾頓醫生當妳的姨丈。這一切都是妳的功勞，噢，波麗安娜，我好開心，真的好高興！親愛的！」

波麗安娜開心地拍著手，不過她的小手才剛拍了一下，就停在半空中。

「波麗姨媽，波麗姨媽，難不成，奇爾頓醫生這麼多年以來一直想要得到的，就是您勤奮的雙手，跟您真摯的愛嗎？您就是那個女人？我就知道是您！所以，他今天才跟我說，我做了一件讓他超級開心的事啊，原來就是指這個呀！我太開心了！噢，波麗姨媽，我現在實在是太開心了！開心到我現在都不會為我的腿感到難過了！」

波麗姨媽強忍著淚水。

「也許有一天，親愛的……」但是，波麗姨媽並沒有把話說完，她還不敢把這個奇爾頓醫生帶來的希望告訴她。不過，她還是決定對波麗安娜說點相關的事，而且她確定，波麗安娜聽到這個消息一定會很開心。

「波麗安娜，下週我們要去旅行。一開始，大家會讓妳躺在一張舒服的小床上，先把妳送上汽車，再讓妳搭火車，火車會帶著妳到很遠的地方，找一位非常有名的醫生。他那裡有一棟大房子，是用來專門治療跟妳有著一樣情況的病人。那位醫生是奇爾頓醫生的好朋友，我們去他那兒，看看他有沒有什麼好辦法幫妳。」

三十二、波麗安娜的來信

親愛的波麗姨媽和湯姆姨丈：

噢，我可以……我可以……我可以自己走路了！我今天靠著自己的力量從床邊走到窗前，總共走了六步。老天啊，能夠再走路真是太棒了。

我今天練習走路的時候，所有在旁邊觀看的醫生都帶著微笑，但他們身旁的護士卻每一個都在哭。隔壁病房有一名女士，上週第一次練習走路，也站在門口偷偷地看著我練習。另一個希望能在下個月開始練習走路的病友，則應邀來參加慶祝派對，她躺在病床上開心地拚命地拍著手。甚至連洗地板的布萊克·提莉，也透過廣場的窗戶看我練習，她當時哭得唏哩嘩啦的，不過在她還沒哭得說不出話來的時候，對我喊了一聲「親愛的孩子」。

我不知道為什麼她們要哭。但我興奮的想要唱歌和大聲的喊叫「噢——噢！」你想想看，我可以走路——自己走路耶！現在我一點也不介意在這裡待了十個月，反正我也沒錯過你們的婚禮。波麗姨媽，為了讓我見證你們的婚禮而特別將婚禮辦在這裡，並在我的床邊完成結婚儀式，會這麼做的大概只有您了。而您也總是能想到一些最讓人開心的事！

他們說我很快就可以回家了。我真希望能從這裡一路走回家。相信我，我真的這麼想。我想我這輩子無論去哪裡都不會再想要坐車了。能夠走路的感覺真的太棒了。噢，我真的好開心！每件事都讓我好開心。我現在很開心自己曾經有一段時間失去自己的雙腿，因為除非失去過雙腿，否則永遠無法體會走路是一件如此美好的事。對了，我明天要走八步。

滿滿的愛獻給每一個人

野人文化
讀者回函卡

書　名 ____________________

姓　名 ____________________ □女 □男　年齡 ________

地　址 ____________________

____

電　話 ____________________ 手機 ____________________

Email ____________________

□同意 □不同意　收到野人文化新書電子報

學　歷 □國中(含以下) □高中職　□大專　□研究所以上

職　業 □生產/製造　□金融/商業　□傳播/廣告　□軍警/公務員
□教育/文化　□旅遊/運輸　□醫療/保健　□仲介/服務
□學生　□自由/家管　□其他

◆你從何處知道此書？
□書店：名稱 ____________　□網路：名稱 ____________
□量販店：名稱 ____________　□其他 ____________

◆你以何種方式購買本書？
□誠品書店　□誠品網路書店　□金石堂書店　□金石堂網路書店
□博客來網路書店　□其他 ____________

◆你的閱讀習慣：
□親子教養　□文學 □翻譯小說 □日文小說 □華文小說 □藝術設計
□人文社科　□自然科學　□商業理財　□宗教哲學 □心理勵志
□休閒生活（旅遊、瘦身、美容、園藝等）　□手工藝／DIY　□飲食／食譜
□健康養生 □兩性 □圖文書／漫畫 □其他 ______

◆你對本書的評價：（請填代號，1. 非常滿意　2. 滿意　3. 尚可　4. 待改進）
書名 _____ 封面設計 _____ 版面編排 _____ 印刷 _____ 內容 _____
整體評價 _____

◆你對本書的建議：

____

____

____

____

野人文化部落格 http://yeren.pixnet.net/blog
野人文化粉絲專頁 http://www.facebook.com/yerenpublish

廣　告　回　函
板橋郵政管理局登記證
板 橋 廣 字 第 143 號

郵資已付　免貼郵票

野人

23141
新北市新店區民權路108-2號9樓
野人文化股份有限公司 收

請沿線撕下對折寄回

野人

書號：0NGA0034